O –

ASCENSÃO

BRUNO CRISPIM

[primeira edição]
URUTAU
maio de 2024

O —

editora Urutau

rua do cajú, 478,
jardim das cerejeiras
06724-015
cotia-sp (brasil)

avenida peirao besada, 6 – 2D
36163 poio-pontevedra
(espanha)

[+351] 928053619 [portugal]
[+55] 11 95608 8983 [brasil]

www.editoraurutau.com.br
contato@editoraurutau.com.br

[EDITORA]
debora ribeiro rendelli
[REVISÃO]
victor negri
[PROJETO GRÁFICO]
wladimir vaz
[COORDENAÇÃO GRÁFICA]
tiago fabris rendelli
[DIAGRAMAÇÃO]
victor h. azevedo
[CAPA]
fotografia de vinur

dados internacionais de catalogação na publicação (CIP) de acordo com ISBD

Crispim, Bruno
C932a Ascensão / Bruno Crispim. - Cotia : Urutau, 2024. 296 p. ; 14cm x 22cm.

ISBN: 978-65-5900-724-0

1. Literatura brasileira. 2. Prosa. I. Título.

2024-1344 CDD 869.985
CDU 869.0(81)

Elaborado por Odilio Hilario Moreira Junior - CRB-8/9949

sumário

Ao paladino do riso
que no último suspiro
semeou uma flor

PARTE I — MORTE

Morrer sem deixar um sulco, um risco, uma sombra,
A lembrança de uma sombra
Em nenhum coração, em nenhum pensamento,
Em nenhuma epiderme.

Morrer tão completamente
Que um dia ao lerem o teu nome num papel
Perguntem: "Quem foi?..."

MANUEL BANDEIRA, A Morte Absoluta

Capítulo 01

Três batidas rápidas e o jornal desliza por baixo da porta.

Capítulo 02

Na segunda batida, estou de pé. Zonzo e enjoado, mas de pé. Puto, mas de pé. Todos os neurônios sobreviventes empenhados em descobrir quem foi o cretino que me acordou numa hora dessas.

Abro a porta. Fecho a porta. Abro a porta.

Ninguém.

Não tem ninguém no corredor. Ninguém, além do mofo que um dia vai engolir essa merda de prédio inteiro.

Bato a porta. Forte. Que a fechadura quebre. Que a porta caia. Não ligo.

Procuro um relógio para descobrir as horas. O de pulso quebrou mês passado. O celular está sem bateria. O computador demora um ano para ligar.

Abro a janela.

O sol vem hostil. Não é tão manhã. Quem entregaria jornal agora? Aliás, eu não tenho assinatura de jornal nenhum.

Capítulo 03

Caço a garrafa de cachaça no chão. Caiu da minha cama quando acordei. Ainda tem um gole. A cachaça que me manteve quente na madrugada. Ela só deveria ter a bondade de dormir tampada, para não mijar o lençol todo.

Tampo a bebida e jogo a garrafa para o lado. O carpete puído amacia a queda e a garrafa não quebra.

Arranco o lençol molhado. Refaço, com ele, a barreira da porta. Não que tenha problemas com baratas. Só prefiro continuar sozinho.

E a fresta é grande. Um rato pequeno passaria.

Eu tenho problemas com ratos.

Mas só vi baratas.

Até agora.

Capítulo 04

Pego o jornal.

Coloco as três primeiras páginas sobre o colchão molhado. O papel enfim ganha uma função digna. Senão nobre, útil.

Deito em cima delas. Atiro o bolo de papel longe. Miro no canto onde está a cachaça. O jornal desfolha. Espalha pelo caminho.

Deixo assim. Depois eu acho os classificados. Não vou precisar dele hoje. Hoje é sábado. Dia de perder emprego. Arranjar emprego é coisa de segunda-feira.

Fora que ainda tenho cinco dias de aluguel nessa espelunca. E eles levariam mais de uma semana para me despejar. Nesses quinze dias, eu arranjo algum dinheiro e pago o próximo mês.

Duzentos e noventa reais.

Desde que eu tenha algum dinheiro, não vai ser difícil.

Tenho sessenta e quatro reais e uns centavos espalhados nos bolsos da calça. Jogo o troco no chão. Não gosto de moedas.

Pelo quarto, aposto que consigo mais uns dez reais socados em um ou outro bolso.

Faltam o quê, duzentos? Mais? Sei lá. Onde eu vou arrumar o resto da grana?

Poderia pedir dinheiro emprestado.

Não vai ser possível. Não sobrou um banco que me desconheça.

E nenhum da minha coleção de cartões de crédito funciona mais. Nem os mais novos. Os que achei há bem pouco tempo. Já estão todos guardados na mala.

Bom, tenho o computador. E tenho o Fusca.

O computador é precário. Nem sempre liga. Quando liga, funciona mal. Não ganho nem cinquenta pratas com ele.

E o Fusca...

Eu não vou vender o meu carro.

O dinheiro que eu tenho vai ter que dar.

Preciso apenas de grana para uma semana de comida. E uma semana de bebida. E para pagar o aluguel.

É, tenho que arrumar um emprego.

Mas, ainda que eu consiga um trabalho hoje, agora, só receberia o primeiro salário no mês que vem.

Merda. A grana não vai dar para tudo isso.

Se eu não fizer nada, terei que vender o meu carro.

Eu não vou vender o Fusca.

Vou voltar a dormir.

Capítulo 05

Enrolo por meia hora e levanto num pulo. A cama molhada mexeu com a minha cabeça. Sonhei que estava afogando numa banheira.

Nunca gostei de banheiras. Elas te relaxam, te relaxam, te relaxam. Cada vez mais te relaxam. E aí, BUM! Você dorme e acorda se afogando. Quando acorda.

Mas pesadelos com banheiras são um exagero, mesmo para alguém que nunca sabe quando está preso num pesadelo. Um disparate ainda maior, já que faz uma vida que não entro em uma banheira. E no que depender de mim continuarei mais uma outra vida fora delas.

Se vou começar a sonhar com coisas que me dão medo, cada noite vai ser uma angústia diferente.

Até que pode ser bom.

Não aguento mais sonhar com a morte de mamãe.

Capítulo 06

Bebo o resto da cachaça. Não pela bebida. Não sou alcoólatra. Bebo porque estou com um gosto de defunto na boca e não tem água nem na bica.

Desde ontem de manhã estou sem água. Eu deveria chorar um desconto por isso. Depois, procurar um lugar para tomar banho.

Nas folhas espalhadas vejo a seção de Política. Economia. Mundo. Classificado de carros e imóveis. Nada de Emprego. Duas páginas de Obituário, mas nada de Emprego.

Nem sabia que jornais ainda tinham obituários. Pelo visto, têm. Escondidos. Nesse, está entre o anúncio de uma loja de eletrodomésticos e o de uma operadora de celular. Sim, o obituário está aqui, e o maldito caderno de empregos não está em lugar nenhum.

Em cada uma das propagandas, um imbecil sorrindo te chama para gastar todo o seu dinheiro em coisas inúteis. Será que o editor desse lixo não percebeu que esses dois dementes cheios de dentes estão emoldurando o caderno social dos defuntos?

Não dá para acreditar que uma empresa escolha anunciar um produto numa folha dessas.

Talvez essas propagandas sejam de graça. O editorial não deve conseguir achar tantos familiares tristes e orgulhosos. São duas páginas inteiras. Duas páginas toda semana.

Não.

Elas não são de graça.

Nada é de graça nos jornais.

Capítulo 07

Passando pelos velhos mortos do jornal, um nome me encara do fundo do papel.

Darla.

Darla Alves Abranches.

Darla Abranches.

Uma adolescente com nome de velha.

Catorze anos recém-concluídos.

Filha querida e amada de pais que sentirão saudades eternas. Amiga amorosa. Aluna exemplar.

É um anjo sem defeitos, sem temperos. Sua única ofensa é a carne podre exibida para os que continuam neste plano.

O obituário tem até uma fotografia dela. A típica menina rica de cabelos pretos e olhos verdes. A imagem é preta e branca, mas eu reconheço a cor real dos seus olhos. Olhar sagaz, optando por uma doçura inventada. A princesinha do papai.

Eu nunca a vi. Nem conheço sua família. Não tenho que me envolver nisso. Nem devo.

Mas ela é jovem demais para seguir seu caminho com dignidade. Sua alma confusa vai precisar de ajuda. Alguém que a oriente. Que a guie. Que lhe mostre o caminho para a ascensão.

Alguém que não seja eu.

Ninguém me ajuda nessa droga de vida. Por que eu tenho que ajudar até gente morta?

Capítulo 08

Pobre Darla. Sua esperança entristecida me observa. Me encara. Implora.

Fecho o jornal para escapar de sua insistência.

Coloco o celular para carregar. Ligo o computador. Procuro alguma coisa para fazer. Nada. Nada de bom na internet. Não tenho livro para ler, filme para assistir. Minha coleção de cartões de crédito já foi catalogada e organizada três vezes.

Tento mais uma vez a sorte nos sonhos. Nada, outra vez. Nem sono, nem pesadelos vêm. Fico olhando para a cara de Darla gravada nas minhas pálpebras fechadas. Olhos verdes acesos, pedindo a minha orientação. Ela também sabe que só eu consigo ajudá-la.

Tudo bem, eu te ajudo.

Ela não tem nada a ver com os meus problemas. Nem os financeiros, nem os outros. Se eu posso guiá-la, vou guiá-la.

Cato o jornal e sento na cama.

Nem vai ser tão difícil assim. Em alguns minutos de conversa, ela vai me ouvir. Com a minha ajuda, logo estará livre da agonia eterna. Estará de passagem para um plano melhor. Em minutos, ela poderá seguir o caminho de luz. Ser feliz. Ascender.

Existe, contudo, um fruto menor dessa minha caridade.

Pais tendem a recompensar com generosidade os mensageiros das últimas palavras da pobre alma que eles tanto amam.

Não é do meu feitio aceitar uma contribuição. Mas, dessa vez, estou precisando.

E se eles puderam comprar um jazigo no Lar dos Arcanjos, dinheiro não é um problema. Não lhes fará diferença.

Está decidido! Só hoje. Só dessa vez. Vou engolir o meu orgulho. Passar por cima dos meus princípios. Vou aceitar a recompensa.

Não farei por mim. Farei por Darla. E pelos seus pais. Pela sua família. Pelos seus amigos. Por todas essas criaturas infelizes.

Sim, preciso de dinheiro. Mas sempre precisei e nem vou parar de precisar depois.

Esse sacrifício será feito por Darla. Por Darla Abranches.

Capítulo 09

Acho uma nota de vinte na minha outra calça. Já nem lembrava delas. Nem da nota, nem da calça. Estavam guardadas no canto do quarto que parece uma montanha de lixo.

Não era. Era um banco.

Melhor, uma loteria.

Admiro o meu bilhete premiado. Sem pressa. Emocionado.

Não acredito em sorte. Acredito em carma. Eu me dispus a ajudar Darla e essa nota apareceu. É uma prova de que estou fazendo a coisa certa. Logo, terei o dinheiro do aluguel.

Conto outra vez o dinheiro e ainda outra. Tenho oitenta e quatro reais agora. Mais um real e terei oitenta e cinco. E quando conseguir mais cinco, faltarão duzentos para o aluguel.

Sim, gosto das coisas inteiras. Mais do que as partidas. Se é que gosto de alguma coisa quebrada.

Faço um esforço e procuro uma moeda menos insignificante. Acho uma de um real e duas de cinquenta centavos. Coloco as desgraçadas uma em cada bolso. Para não se baterem. Finjo que são, juntas, uma nota de dois. Aí, eu relaxo.

É apaziguador saber que a minha imaginação corrige essas imperfeições. Fosse ela um pouquinho melhor, eu poderia fingir que ainda moro na casa da minha mãe. Ou que ela ainda está viva. Ou que ela gostava de mim.

Não. Não há imaginação que seja tão grande assim.

Capítulo 10

Saio de casa orgulhoso. Vestindo meu terno de enterros. É o meu único terno, é verdade. Exceto por uma mancha ou outra, está novinho.

Ele vem de tempos melhores, quando a minha mãe ainda sorria. Parecia uma careta de raiva para quem não a conhecesse. Mas eu entendo das sutilezas da minha mãe. Eu sei que era alegria.

A satisfação da lembrança é arrancada da minha cara.

O senhorio me espera com mentiras e ameaças. Diz que o aluguel está atrasado uma semana. Se eu não pagar hoje, ele vai jogar as minhas coisas na rua e trocar o segredo da fechadura.

Quase digo que a chave não funciona. Que nunca funcionou. Nem a água funciona. Nem o ventilador de teto. Nem três das quatro lâmpadas. Me contenho. Explico que ele está enganado. Que o aluguel está em dia. E que vou pagar no próximo dia cinco. Como faço todos os meses. Sou uma pessoa séria, de hábitos firmes.

Ele é alto. E gordo. E forte. Vinte centímetros e oitenta quilos maior do que eu. Toda essa massa se irrita com o exagero inocente de hábitos que nunca tive.

Eu procuro fingir bem essa coragem inventada. Ele não vai me bater. Sim, ele não gosta de mim. E se enfurece sempre que me vê. E está sem grana para seus vícios. Mas não vai me bater. Ou vai?

Você não vai dar uma de maluco para se safar. Maluco, para mim, é quem rasga dinheiro e eu nunca vi você rasgar dinheiro.

Penso na minha nota de vinte. E se partisse a minha querida bem na sua frente? Será que isso é loucura suficiente para eu conseguir não pagar?

Quero o meu dinheiro hoje.

Hoje ainda é dia trinta e um. Faltam cinco dias para o aluguel. Dia cinco eu pago os duzentos e noventa reais.

Ele me confunde. Mostra seu celular. Nele já é dia doze de novembro.

Pedi desculpas pela confusão. Dei tudo o que tinha — o que para ele foi cinquenta reais. Prometi que pagaria o resto até o anoitecer.

Ele não ficou feliz.

Eu ainda menos.

Fugiu da cena da sua extorsão resmungando que, dessa vez, eu tinha que pagar o restante em dinheiro vivo. Deve ter falado isso de gozação. Ou ele realmente acha que algum banco seria idiota para me entregar um talão de cheques ou um cartão de crédito? Aliás, eu acho que essa espelunca já aceitou um dos cartões da coleção. Uma pena que eu não tenha mais nenhum válido.

Minutos depois, já a caminho do enterro de Darla, entendo que ele mudou a data do maldito celular para me enganar. Eu, que não entendo dessas coisas, caí no seu truque.

Capítulo 11

Se pelo menos a hora do celular do senhorio estiver certa (no meu celular, é de noite), o sepultamento começa em quinze minutos.

Quero confirmar que estou no dia certo, mas não checo a data do jornal. Não há tempo para inseguranças bobas.

O Lar dos Arcanjos é a uma hora daqui. Quarenta minutos de Fusca. Devia ir de ônibus para dar uma economizada. Mas preciso abrir mão de quinze pratas de gasolina para não chegar tarde demais. Sobram meu vintão da sorte e uma moeda. Deixo a moeda no chão do posto.

Se os pais de Darla forem mesquinhos, termino o dia como um pedinte.

* * *

Entre ziguezagues e buzinas economizo os dez minutos que gastei na fila do posto. Chego com a missa recém-terminada e a procissão sendo organizada.

Na hora certa.

A multidão de preto e óculos escuros inicia a caminhada. Há, pelo menos, setenta enlutados seguindo o caixão, que é carregado por um carrinho de golfe.

Antigamente que era melhor. Sentir o peso físico da morte ajuda a aceitar o luto.

Os familiares e amigos mais próximos seguem na frente. Encabeçados pelos pais de Darla. É triste. Mas fico contente que haja tanta choradeira. Quando ficam devastados, significa que o morto foi amado. Pelo que posso perceber, Darla foi especial para essas pessoas.

Não há coisa pior do que apatia num enterro. É o que mais temo. Com sorte, serei enterrado como indigente. Vai me poupar da vergonha da dúvida. Melhor estar certo de que serei velado por duas pessoas. O coveiro e uma testemunha que ele conseguir arranjar. Os dois, entediados, comentando sobre o jogo de ontem.

Minha mãe viria e choraria agradecida. Quem não a conhecesse, pensaria que era dor. Seria alívio.

Mas ela morreu. Nem nisso poderei contar com ela.

* * *

A mãe de Darla segue escorada no marido. Uma mãe não espera a morte de um filho adolescente. Ninguém espera, na verdade. Nem os vivos, menos ainda os mortos.

Convencer uma pessoa de que ela morreu é oitenta por cento do meu trabalho.

Capítulo 12

Procuro Darla na procissão. Achar a alma do morto são os outros vinte por cento do trabalho.

Não é fácil como se pensa. É engraçado que imaginem espíritos transparentes ou que emitam luz. Dá até para entender. Depois que vampiros começaram a brilhar, quem vai acreditar que uma alma desencarnada não vem com nenhum efeito especial sequer? Quem imaginaria que eles são iguais aos vivos?

Por isso, não é fácil achar o morto do enterro. É raro que saibam que morreram. Muitas vezes, eles estão abraçados aos pais como se estivessem no enterro de um parente próximo.

Pelo menos, hoje, não vai ser difícil. Todos estão de preto e óculos escuros. Uma centena de pessoas em uma uniformidade que só se vê nas novelas e nos cemitérios de gente rica. Desde que Darla não tenha morrido de luto, vai ser moleza.

Eu me aproximo do final do cortejo, onde as pessoas estão dispersas e conversam sem muita consideração pela dor da família. Onde se ouvem algumas risadas cruéis abafadas entre as sofridas. E onde posso conhecer opiniões sinceras sobre a minha querida falecida.

A primeira coisa que escuto é que ela se matou.

Capítulo 13

Odeio suicidas.

Eles fazem a cagada, depois esquecem. Passam dias se lamentando. Às vezes, meses. E eu tenho que ser paciente e ouvir suas queixas sem fim.

Não sou uma pessoa tranquila. Nem gosto de ladainha.

Os desgraçados nunca reagem no tempo certo. Nunca ascendem. Aí, todo o meu trabalho é jogado no lixo. Menos o serviço de pombo correio com os pais, maridos, esposas, filhos. Esse rende bem.

* * *

Pela conversa de um grupo de adolescentes, ninguém se surpreendeu com a morte de Darla. Mais cedo ou mais tarde ia acontecer.

Ela não se dava bem com a mãe. O pai trabalhava demais e nunca estava em casa. E ela não superou nem o fim do namoro com Ricardo, nem a traição de Pâmela, que imagino ser sua melhor amiga. Típico drama que adolescentes ricos vivem dia sim, dia não.

Avanço. Deixo para trás os que gastaram mais tempo se arrumando para o enterro do que se compadecendo da família de Darla. Se tivesse cabeça boa, iria gravar o rosto de cada um deles. Só para o caso de morrerem antes de mim e precisarem de ajuda minha para ascender. Não que eu venha a negar os meus serviços. Mas é importante saber com quem se trabalha.

Chego em um grupo mais entristecido. Familiares distantes que não tinham muito contato com Darla e ainda a veem como a criança meiga que sonhava em ser bailarina, ou atriz, ou modelo, ou qualquer dessas coisas que enfiam na cabeça das meninas.

Nesse grupo, não há risadas. Não há conversas. Não há alegria. Nem oxigênio. É um buraco negro de dor. Nem lágrimas saem dessa vala cósmica. Informação, menos ainda.

Uma senhora com ares gentis de tia-avó olha na minha direção. Viro para trás, para os lados, procurando para quem ela olha. Ela está olhando para mim. Diretamente para mim. Balanço a cabeça e forço um sorriso, tentando ser educado. Ela não responde. Continua me observando. Tanto gentil quanto intensa. Lendo a minha alma.

Eu fujo.

Sigo para o grupo mais importante. A primeira vintena de pessoas. O meio-círculo que se forma em volta dos pais dela. As pessoas mais próximas de Darla e de seus pais. É onde a culpa guia cada passo. Onde o pudor do choro é rompido por soluços e gemidos.

Imagino o inferno assim. Você fica eternamente preso na frente desse tipo de procissão. Olhando para o caixão da pessoa que mais amou. Resistindo ao desabamento inevitável. Engolindo o remorso que te devora.

Por que não engoliu o ego e pediu desculpas? Por que não engoliu o orgulho e esteve mais perto? Por que não disse que a amava uma última vez? Por quê?

Capítulo 14

Abraçados e derrotados, os pais estão cercados por quem, pela idade, julgo ser seus irmãos e amigos.

Logo atrás, um casal de adolescentes abraçados se aproxima. O pai de Darla vira. Quase avança. É segurado por um homem que o afasta e vai falar com o casal. Diz qualquer coisa que faz a menina chorar ainda mais alto.

O menino estanca e a impede de seguir. Ela tenta, mas não se solta. Bate os pés como uma criança desolada. Estende a mão na direção do corpo que se afasta.

Pâmela, imagino. A melhor amiga de Darla. A amiga que traiu Darla. Abraçada com o ex-namorado de Darla.

Não há porque ter raiva da garota. Não foi ela quem decidiu se matar. Ela não fez nada além de se atracar com o sujeito errado. A culpa não foi de Pâmela.

Mas não vou mentir: essa cara de choro não me engana. Eu conheço bastante sobre luto. Ela não passa de uma fingida. Eu ficaria feliz em vê-la chorando de verdade.

* * *

A procissão alcança o buraco recém-cavado e os grupos se integram. O silêncio finalmente derruba os mais jovens.

Eles ruem em sequência, como dominós. Experimentam, finalmente, a dor dos outros. Familiares e amigos os abraçam. Nada ensina tanto sobre empatia como estar a poucos passos da morte.

Caminho, tentando achar a minha agulha nesse palheiro. Me assusto e me escondo ao notar a amável velhinha me encarando. Ela é sinistra. Com um olhar, gela a minha bexiga.

Talvez eu esteja exagerando. Ela pode ser outra alma consciente da minha posição precisando de ajuda. É raro aparecerem dois clientes ao mesmo tempo, mas acontece.

Ou pode ser alguém vivo, apenas me observando. Nem sempre os familiares ficam felizes com a minha presença. Esse "nem sempre" acontece com uma frequência maior do que eu gostaria.

O padre puxa um Pai-Nosso. Depois uma Ave-Maria.

O corpo é erguido sobre a cova sem que nenhuma alma perturbada tente impedir. Sem que ninguém grite que ainda está vivo. Ou implore para que parem de ignorá-la.

Eu me afasto do corpo morto de Darla para procurá-la à distância. Ninguém salta à vista na multidão, além da velha. Mesmo que ela agora esteja olhando para o caixão descendo devagar.

Será que a garota já ascendeu?

Impossível. Nunca ouvi falar de um suicida ascendendo antes do enterro. Ainda mais uma jovem suicida...

Estou certo.

Deitada de bruços na tampa do caixão, com a cabeça para dentro, está uma adolescente vestindo um pijama de moletom branco com estampa de corações cor-de-rosa.

Capítulo 15

— Darla?

Desgraça. Falei alto demais.

O choro para. Eles me olham.

Aproveito a brecha e avanço simulando resolução até o caixão. Metade dele está abaixo da superfície. Eu agacho. Fico cara a cara com ela.

— Oi, Darla — sussurro.

— Jesus, quem é essa pessoa? — Ela me olha de cima a baixo, com mão direita na testa. — Tinha que ser logo o meu coveiro para ter uma cara *bugada* dessas? De meias brancas e terno preto ainda? Mereço?

Coveiro? Quem ela pensa que é para falar que eu sou um reles cavador de covas? Eu sou um guia espiritual. Um Guia Espiritual! Ninguém é mais importante depois da vida do que um guia espiritual. O que um juiz ou um médico podem fazer por um morto? Nada. São todos inúteis. Coveiro! Quem essa menina pensa que é?

Por um segundo, só um, reconheço a sua aura. É o que acontece quando nossos espíritos já se conhecem de outro lugar, de outro plano. É uma sensação rara e difícil de confundir. Um calor que emana dos poros e enriquece a existência. Essa é a primeira vez que reconheço uma alma e transbordo de desesperança.

No instante seguinte, sei que nunca vi o seu rosto ou o calor do seu espírito. Nada nela me chama a atenção. Nada além de ela saber onde me dói. O que não é necessariamente uma habilidade incomum.

Levanto o sorriso que aprendi ainda na escola. Ofendido ou não, conhecendo-a ou não, meu dever é auxiliá-la em sua ascensão. Só.

— Olá, Darla. Eu estou aqui para te aju...

— Ei! Pera aí, tio! Como que você tá falando comigo?

Irritar deve ser a sua habilidade especial.

Penduro as ofensas e dou uma nova chance para essa jovem desorientada. Tenho certeza de que por baixo dos insultos ela esconde suas inseguranças.

-- Meu nome é Miguel, eu fui enviado para te ajudar, para te guiar. Eu sei o que você está passando...

— Querido, eu tô cagando pra quem você é. Eu não pedi ajuda de coveiro nenhum.

— Eu não sou coveiro. Eu sou um médium, um guia espiritual. — Controlo a minha irritação e continuo: — Mas eu entendo. Você está confusa. Precisa de um tempo para digerir a situação.

— Confusa por quê? Porque eu morri? Qual a crise pra entender que eu morri? Eu tava olhando pro meu corpo agora mesmo.

— Bom. Então você já descobriu. — Finjo a calma que me foge cada vez que ouço a voz dessa criatura mimada. — Impressionante. Olha, eu estou aqui para te ajudar...

— Você pode me fazer trocar de capa?

— Como?

Meu Deus, que capa? Ela está de pijama.

— O quê? Tá achando que eu quero ir pro céu com uma roupa *trash* dessas? De jeito nenhum! Se você não vai me ajudar nisso, num quero nem saber quem tu é.

— Você não pode estar falando sério.

Ela não me responde. Vira. Pula para a grama. E segue andando por dentro dos seus parentes e amigos.

— Darla, volta aqui! — digo, outra vez, alto demais.

Capítulo 16

Alguém puxa o meu braço.

No susto, resisto. Jogo meu corpo para frente.

Meu braço se solta.

Caio em cima do caixão.

Ninguém diz nada. Ninguém se mexe. Ninguém respira.

As cordas cedem. Descemos alguns centímetros na diagonal sob uma chuva de *Oh*. Escorrego. Estou com a cara no monte de terra quando sou içado pelo mesmo par de mãos.

Não há reação minha dessa vez. Sou arrancado de cima do caixão e jogado para trás. Rolo pela grama. Quem me para é o pai de Darla, ao subir na minha barriga e me enforca com uma mão. A outra está levantada. Ameaçando um soco.

— Quem você pensa que é para foder o enterro da minha filha?

— Eu... eu... Miguel. Meu nome é Miguel.

— Dane-se o seu nome! — Ele me acerta um tapa que queima metade do meu rosto. É só um alerta. — Eu não quero saber de mendigo chapado aqui não, tá ouvindo?

— Eu não sou mendigo, eu sou um...

— Deixa ele ir, Carlos — diz a mãe de Darla. — Deve ser maluco.

Carlos me solta. Eu levanto. Limpo a camisa que era branca. Não na esperança de que ela fique limpa. Para fazer algo que me permita ignorar os olhares incriminadores, sem colocar a mão na minha bochecha vermelha.

Esses demônios acham que eu sou um mendigo? Só porque as minhas roupas não são de marca como as deles? Porque eu não tenho cortado o cabelo ultimamente? Ou tenha bebido demais e comido de menos?

E a infeliz da mãe de Darla acha que eu sou louco... Por quê? Porque eu vejo o que eles têm medo de ver? O que não aguentariam enxergar?

Essa gente cretina não merece a minha ajuda. Muito menos aquela adolescente estúpida. Eles vivem de aparência e falsidade. Aposto que estão afundados em dívidas para manter seus estilos de vida. Que compraram seus carros importados na conta da empresa da família. Carros que andam com o tanque vazio e sem seguro. Carros que estacionam na mansão que nunca será quitada. E que fazem viagens extravagantes para mostrar aos seus amigos que finalmente a empresa falida que herdaram está dando lucro. Uma vidinha superficial, sempre com o mesmo final.

Que sigam todos para o Umbral. Que apodreçam lá. Eu não vou mexer um dedo para ajudá-los.

— Vaza daqui! — rosna o pai de Darla. — Agora!

Eu obedeço. Quieto. Em respeito aos familiares. Em respeito à cerimônia. Em respeito ao corpo apodrecido daquela criatura mimada.

Vou embora olhando a todos. Querendo decorar o rosto de cada um deles.

Um dia vão precisar de mim e eu vou lembrar. Dessa vez, eu vou me lembrar. E eles vão se arrepender de me humilhar. De me chamar de mendigo maluco, de coveiro.

Capítulo 17

Na terceira volta pelo estacionamento, arrumo coragem de abrir o meu Fusca. Ele não vale uma roda dos carrões desses parentes de Darla. Queria sair logo dali, mas entrar no carro seria a derrota final.

Seria.

Foi como entrar num refúgio. Na minha casa. No meu castelo de muros altos. Dentro, eu sou o rei. Sou o dono desse pequeno mundo.

Giro a chave já sentindo o vento pela janela. Já ouço o ronco do motor me levando para longe dos problemas. Está decidido. Vou seguir com o meu Fusca para o interior e viver uma vida simples, de *hippie*. Uma vida de fazenda. Sem aluguéis. Sem consumo. Vivendo do que conseguir colher.

Mas o motor discorda. Grita como os porcos do sítio do meu avô. Não pega por nada.

— Que Ferrari, hein? — diz a última gralha que eu queria ouvir.

Estanco o susto. Apodreço vendo pelo retrovisor a sua satisfação.

— Sai do meu carro.

— Essa coisa já é ferro velho há doze milhões de anos.

O ruim de lidar com espíritos é que não dá para dar aquele pescotapa quando é conveniente.

— O que você quer comigo?

— Ouvir o que você queria dizer.

— E você mudou de ideia assim, de uma hora para outra?

— É... Não tem mais nada pra fazer por aqui.

— Quanta consideração.

— E então? Alguma coisa que eu preciso saber?

— Você precisa...

— *No*. Aqui não. Eu não vou ficar nem mais um segundo nesse lixo.

Ela sai do carro.

Decido arrancar com o carro gritando um "Vai para o inferno!", mas o motor insiste em mandar o restinho da minha dignidade para a sarjeta.

Saio do meu Fusca.

Ela sobe em um dos carros e segue andando no capô dos veículos estacionados. Eu a chamo duas vezes. Ela me ignora.

— Eu sei como você pode trocar de roupa — disparo, me sentindo um imbecil por cair nos joguinhos do defunto mais mimado que eu já conheci. — Me escuta que eu te digo.

Ela para. Se vira. Levanta o indicador.

— Tá. Você tem um minuto.

— Hã? Quem você pensa que é? Essas coisas levam tempo...

— Então deixa pra lá. — E volta a andar.

— Caralho! Tá bom! Você me escuta por cinco minutos e eu te conto. Ok?

— Tá.

— Me conta como você descobriu tão rápido que...

— Que eu morri?

— Sim, que você morreu.

— Olha, não sei se é a sua primeira vez nesse lance de dar boas-vindas pra empacotados...

— Não é!

Essa mini-megera consegue me irritar tão rápido que eu duvido que ela tenha o que é preciso para ascender. Acho que é melhor desistir logo. Se ela vai acabar no Umbral de qualquer maneira, para que me esforçar para ajudar?

— Tio, não precisa ser um Einstein para se ligar. No início, parece um pesadelo. Ninguém consegue te ouvir. Você não consegue tocar em ninguém. Não consegue tocar em nada. — Ela dá duas voltas ao redor de si e para com as mãos viradas para o alto — Só que eu já morri há dois dias! Fora que depois que eu vi o meu corpinho, eu tinha que ser muito tapada pra não entender. Pensa. Até você entenderia.

— Bom, isso deixa o meu trabalho mais fácil. Agora que você sabe que está morta — digo, solene —, o que falta é se desapegar das coisas desse plano e...

— E seguir a luz?

— Para de me interromper! — Aperto os olhos com o indicador e o dedão até que a dor me acalme. — E aceitar o seu novo destino.

Ela fica em silêncio me olhando de cara fechada.

— Já posso falar agora? Ou o sermão do coveiro *nervoser* ainda não acabou?

Meu Deus, que menina insuportável! Essa tragédia em forma de alma atormentada vai terminar de acabar com o meu dia. Difícil imaginar uma morte que ela não mereça.

Não brinque com essas coisas. Ouço pela pele essa repreensão tão repetida por dona Aura. Murmuro um *desculpa*.

— E como que eu faço essa coisa de desapegar? Falo para a minha mãe dar as minhas coisas?

— Você precisa se desligar da sua vida carnal. Perdoar quem precisa ser perdoado. Deixar para trás o que precisa ser esquecido.

— Perdoar esse bando de *troll*? Esquece! Prefiro ficar aqui atormentando a vida desses babacas.

— Isso não vai te fazer nenhum bem, e você sabe disso.

— É mesmo, pastor? Senão eu vou pro inferno?

— Pastor? Eu não sou pastor! Por que pastor?

— Por quê? Bom, vamos analisar o seu *look*... Um terno puído que já foi preto quando era do seu pai e que entrou para a moda dos dois botões porque você perdeu um. Fora que é grande demais pro seu tamanho e brilha tanto que parece que é 75% poliéster e 25% purpurina.

— Você...

— A camisa nem se fala! Mesmo se eu for boazinha e ignorar essas manchas de grama e de terra, não dá para fingir que ela ainda é branca. Oficialmente, ela já é amarela. E quem usa manga curta com terno, meu Deus?

— Terminou?

— Ainda não. Pelo menos essa gravata cinza, manchada e amassada combina bem com você. Agora, me diz se você não tá usando uniforme de pastor de igreja de pobre de uma cidade de interior mais pobre ainda?

— Terminou?

— Mais coisa. Eu sou eternamente agradecida por não conseguir sentir o seu futum. Parece que você tem fugido de um banhinho, né não, *parça*? — diz satisfeita, escorregando para dentro de uma caminhonete preta, só para a cabeça reaparecer em instantes. — Pronto. Agora eu terminei.

— Vai tomar no cu! — grito. — Se depender de mim, você vai ficar presa nesse plano de merda para sempre!

Capítulo 18

— Puta que o pariu! Esse mendigo de novo, não! Agora, você tá falando com quem? — pergunta o pai de Darla.

— Meus sentimentos, senhor Carlos.

— Meus sentimentos é o caralho — ele rebate e Darla gargalha. — O que você ainda está fazendo aqui?

— Não consegui te falar antes, mas eu vim aqui...

— Eu não quero saber! Você tem sorte de eu ter tomado dois calmantes antes de vir. Mas tudo tem limite. Eu vou entrar no meu carro e se você não sair da porra do caminho, vou passar por cima. Sem pena. Sem remorso. Até um pouco feliz.

Sua esposa me olha com pena. É com ela que eu devo falar. Seu marido está surdo de dor. Dou a volta no carro e preparo meu sorriso benevolente para aumentar a sua compaixão.

— Meus sentimentos, dona Sônia. Eu sei que muitas vezes não sou compreendido, mas eu tenho o dom de me comunicar com o espírito dos mortos. Tenho uma mensagem da sua filha Darla. Foi por isso que eu vim aqui.

— Você tem o quê, *parça*? — grita Darla.

— Não, não, não! Não ouse falar o nome da minha filha! — grita o seu pai.

A mãe apoia no carro para não cair. Abre a porta e senta com as pernas para fora. Fica imóvel. Torço para que ainda respire.

Essa é a minha deixa.

— Foi a Darla quem me chamou aqui. Ela me disse que sente muito por não ter sido uma filha melhor e que não quis causar todo esse sofrimento na vida de vocês. Ela está muito arrependida.

— Filha melhor? — grita Darla. — Filha melhor? Não existe filha melhor do que eu! Ah, seu cara de cu, peguei ranço eterno de você!

— Ela disse isso? — questiona a mãe. — Como ela está? Me diz como ela está!

— Ela está bem — sussurro só para ela.

— Essa louca não pode estar acreditando nesse mar de bosta — reclama Darla. — Manda a real que eu tenho para ela. Fala que a gente se encontra no inferno!

— Você vai acreditar nesse traste, Sônia? Desde quando a nossa filha ia falar isso? Tá na cara que ele é um golpista!

— Esse é o meu pai, otário — diz Darla. — Ninguém engana o meu pai.

— Eu não sou um golpista! Se você não acredita, o problema não é meu. Mas isso não muda o fato que eu estou vendo a sua filha agora.

— É? Ela está dentro do meu carro?

Ele dá a volta no carro enquanto fala. Passos lentos. Se aproximando devagar. Calmo, ele me dá mais medo.

Evoco toda a coragem dos meus antepassados para não correr e me esconder na minha fortaleza quebrada.

— Está.

— Eu cheguei aqui e você estava mandando o meu carro tomar no cu. Por acaso, você estava falando com a minha filha, rapaz?

— Não! Não foi isso que aconteceu...

Ele levanta o indicador como uma espada.

— Eu não admito que você insulte a minha inteligência.

Bate com o dedo no meu peito. Dói como uma paulada.

— Muito menos que perturbe a minha esposa, num momento desses!

Bate outra vez. Eu caio de bunda.

Ele se abaixa.

— Se eu te vir mais uma vez, você está morto. Entendido?

Agarra o meu cabelo e sacode a minha cabeça.

— Entendido?

Quero dizer que sim. Quero pedir desculpas. Quero contar que não existe mensagem. Fingir que não vejo sua filha. Quero chorar e pedir o colo de mamãe, os conselhos de dona Aura.

Nada sai.

Ele me larga. Caio no chão.

Fecha, carinhosamente, a porta da mulher, como só um psicopata consegue ser depois de uma agressão.

Dá a volta no carro. Manobra. E acelera para cima de mim.

Eu me jogo para o lado para não ser atropelado. Ele sai do cemitério cantando pneu.

— Você é patético — diz Darla às gargalhadas.

Capítulo 19

— Você só pode ser louco pra tentar enganar o meu pai bem no meu enterro.

— Um sujeito simpático. Dá para ver a quem você puxou.

— Pra mim, isso é um elogio.

— Então, por que você tirou a alegria da vida dele? Por que vai fazer ele chorar todas as noites até finalmente morrer? Por que transformou ele em uma criatura miserável, digna de pena? Por que você acabou com a vida dele?

Ela cala a sua rebeldia. Envergonha-se.

Darla não se matou para punir o pai. Não me surpreenderia se sequer tenha pensado nele quando se decidiu.

— Entendi. Você se matou para atingir a mamãezinha. Você realmente deve odiar a coitada.

— Hã? Você só pode tá *tiltado*. Eu não me matei.

E o otário achando que ia ser um trabalhinho fácil. Suicídio nunca é fácil. Devia ter ficado em casa, feliz com meus vinte reais.

Tiro a chave do carro do bolso. Não tem chaveiro. É só a chave. Ela é tudo o que eu preciso para sair daqui.

Dou as costas para Darla. Sigo para o meu Fusca.

— Bem, eu ouvi o contrário. Mas a forma que você desencarnou não é relevante. Você aceitou que não está mais viva e pode seguir em frente, isso é o que importa.

— É importante pra mim! Eu não me matei!

Só mais uma tentativa por toda a bondade de dona Aura.

— Darla — Paro e me viro para ela —, isso não tem que ser um problema. Você já conseguiu o mais difícil. Falta pouco para você ascender.

— Ascender? Eu não quero ir pra lugar nenhum! Eu quero é descobrir quem é essa gente que tá inventando lorotinha minha bem no meu enterro. — Ela arregala os olhos e aponta para mim. — Seu desgraçado. Você tá mentindo pra mim!

Desisto. Essa criatura está fadada ao Umbral.

— Nós dois sabemos quem é que está inventando desculpas. Não precisa ficar envergonhada. Eu sei que a morte pode ser pessoal demais para dividir com um desconhecido.

— Eu não me matei!

— Ok...

— Não tô nem aí se você acredita ou não acredita em mim. Eu tô cagando para você! Você é um marginalzinho patético! Que tipo de gente tenta enganar uma mãe no enterro da filha?

Abro a porta do carro. Olho para dentro dele. Minha fortaleza está à minha disposição. Um passo e estarei para sempre fora da vida de Darla. Acelero e adeus.

Uma pena que não costumo escolher as melhores opções.

— Eu só quis ajudar a coitada! Tendo uma filha que nem você, como acha que ela está se sentindo? Aliás, desde quando você se importa com ela?

— Não te interessa!

— Ah, quer saber, foda-se! Eu te ofereci a minha ajuda e você não quis. Não é mais um problema meu!

— Vai, então! Eu não preciso de você!

— Boa sorte.

Eu entro no carro.

Capítulo 20

Tento ligar o Fusca ouvindo a maldita Darla me xingar. Os engasgos desse motor são a cereja no bolo do meu dia. Carro maldito!

— Você está bem, meu filho?

Mal ouço a voz de avó à minha esquerda.

Levanto a cabeça. É a senhora do olhar calculista e do sorriso ainda mais calculado que vi na procissão. Morta ou viva, ela me dá nos nervos. Ninguém consegue ser tão simpático.

Ela está apoiada na porta do motorista. O vidro está aberto. Ela está perto demais. Impedindo a minha fuga com seu hálito de outro século.

— Tá tudo bem, obrigado — digo olhando para o volante. — Só está sendo um dia difícil.

— Para todos nós, não é verdade? Você tem um minutinho?

Ela sabe que eu não posso sair, que estou à sua mercê. Todo o estacionamento presenciou minhas mil tentativas de fazer o carro pegar. Ponto para mim, que fiquei perto da saída prevendo uma má recepção da família da defunta.

— Você conhecia a nossa Darlinha? — continua quando não respondo.

— A-aham — balbucio, finalmente percebendo que o mundo está quieto como costumava ser antes de Darla. Para onde ela foi?

— Posso te perguntar de onde?

— Olha — Uso minha coragem tremida —, eu não quero ser grosso, mas eu tenho mais o que fazer.

Giro a manivela para fechar o vidro. Ela é rápida. Coloca a mão na janela.

— Eu compreendo, mas é que eu não te conheço.

— E daí? — Cometo o erro de encará-la. Minha alma gela.

Meu Deus, o que é essa criatura? Não que eu duvide de Dona Aura, que me garante que o capiroto não existe, mas eu posso jurar que uma parte dele está presa nessa velha.

— É que eu conheço os amiguinhos da Darlinha. Eu nunca ouvi falar de você.

— Eu não sou amigo dela — resmungo.

— Você pode me dizer, então, quem é você e o que está fazendo aqui? — diz ainda sorrindo. — Você não parece pertencer a este lugar, a esta família.

Então é isso. Eu estava para explicar que sou um guia espiritual. Que eu sou do time do bem, a única pessoa que pode trazer paz para Darla. E a maldita velha só está querendo que eu vá embora. Apenas mais um deles me julgando, me desmerecendo. Deve ser uma das avós de Darla. Uma família é abominável quando até a avó é repugnante.

O motor se apieda e liga, enfim.

Ela segura a minha camisa. Gira o pulso. Perde a cordialidade fingida.

— De onde conhece a Darla?

Arranco para longe dessa gente. Cantando pneu. Correndo o máximo que meu velho Fusca permite. Um tanto culpado por torcer que a velha tenha caído.

Capítulo 21

Chego ao meu quarto com uma garrafa de cachaça pela metade. Um pacote de biscoito vazio. E seis reais. Em notas.

Quando era adolescente, eu bebia o whisky da coleção da minha mãe. Não bebia muito, era fraco para essas coisas. Às vezes exagerava e ela descobria.

E me batia com o cinto.

Nas costas.

Até sangrar.

Valia a pena. Melhor do que tomar essa desgraça barata e apanhar por dentro, nas entranhas.

Quase comprei um whisky hoje. Um de dezoito anos. Ou um vinte e quatro. Ou um mais velho ainda. Só para provar àqueles escrotos que eu sou melhor do que eles pensam. Que eu sei ser grã-fino. Que eu já fui grã-fino. Que essas roupas que uso hoje, ou o carro que tenho, não definem quem eu sou.

As coisas que eu tenho não são um resumo das minhas qualidades. Nem dos meus defeitos. São apenas o que eu posso ter. O que eu pude comprar.

Sim, eles estão errados.

Eu sei disso.

Não preciso de uma garrafa de whisky dezoito anos para ser digno. Ou para me mostrar digno.

Não preciso de roupas melhores.

Nem de mais dinheiro.

Nem da aprovação deles.

Nem da aprovação da minha mãe.

Nem do perdão dela.

Não quero nada dela.

De qualquer maneira, o dezoito anos mais barato do mercado custava cento e cinquenta. Eu tinha vinte.

A saída prática foi comprar uma pinga de garrafa de plástico mesmo. E usar a desgraça com gosto de etanol para atropelar os meus protestos.

Viro os farelos de biscoito na boca e dou outra golada antes de fechar a porta e recolocar a barreira de ratos.

Os fodidos não conseguem arcar com filosofia.

Capítulo 22

A cama range e balança quando eu deito. A cabeça range e balança já bêbada. E a maldita Darla continua me afrontando até de longe.

Eu nem queria ajudá-la. Mas engoli a minha má vontade, minha preguiça, meu egoísmo, meu desapego e fui ajudar. Quis porque eu sei que posso. Porque faria a diferença.

E a filha da besta achou que eu era um coveiro, cagou para a minha ajuda.

Fora o bandido do pai dela. Aquele cretino prepotente me humilhou. Me chamou de mendigo. De mendigo!

E ainda tem aquela velha medonha. Aposto que é mãe daquele animal. Essa falta de caráter de Darla deve ter sido herdada.

Os cretinos acabaram com a minha tranquilidade e ainda me fizeram gastar o dinheiro que eu tinha. Não sobrou quase nada no bolso. E ainda preciso pagar essa porcaria de aluguel até o fim do dia.

Desgraça de vida. Dos pés à cabeça, estou na vala. Enterrado vivo.

Esses cretinos arruinaram a minha já complicada situação. Eu não devia ter ido àquele cemitério. Devia ter comprado um jornal decente, procurado um emprego.

Ou me embriagado mais cedo.

* * *

— Quer dizer que você mora num hotel abandonado? Que chiqueiro! Tá tudo caindo aos pedaços! — diz a última alma que eu queria ouvir em todos os planos do Universo. — Mas não dá para dizer que não combina com você...

— Ora, ora, se não é o espírito perturbado da nossa querida Darlinha! Veio acrescentar algum detalhe na sua observação sobre as minhas roupas? Ou vai me dizer que você resolveu ficar aqui, nesse plano, para me assombrar?

— Não te interessa o que eu vim fazer aqui.

— É mesmo, Darlinha?

— Por que você tá me chamando assim?

Finalmente, achei algo que a irrita. Tampo essa alegria no fundo da alma para aproveitar melhor seu dessabor.

— Eu te chamo do jeito que eu quiser, Darlinha.

— Não! Só a minha avó que me chamava assim...

— Avó paterna?

— Sim...

— Eu sabia! Ô velha desagradável.

— Não fala assim dela!

— Por quê? Não vai me dizer que é uma dessas antas que acha que gente velha não pode ser escrota? Até os 59 anos, o indivíduo é um torturador profissional. Aos 60, vira santo?

— Cala a boca. Eu nem gosto de gente velha.

— Então é o quê? Não tem como discordar que aquela sua avó é uma babaca!

— Para de falar assim dela! Ela não pode se defender.

— Lógico. Porque ela é velha...

— Não, porque ela tá morta.

Capítulo 23

Miséria de vida. Fiquei parecendo um maluco de novo. Falando com espírito e achando que era pessoa. Odeio quando isso acontece.

Levanto da cama, procurando a garrafa que caiu da minha mão quando deitei. Preciso dela para aturar essa garota.

— Você não sabia que ela tava morta?

— Não é tão simples assim — digo ajoelhado, olhando debaixo da cama. — Eu não consigo ver a diferença entre os encarnados e os desencarnados.

— E como você sabe que eu tô morta?

— Olha, eu não sou idiota. Eu estava agora mesmo no seu enterro. Além disso, você pisou no capô dos carros sem amassar nenhum deles. E entrou no carro dos seus pais pelo teto. E atravessou a minha porta para entrar aqui.

Acho uma garrafa destampada e vazia acompanhada à distância de duas outras nas mesmas condições.

— Aliás, como você me encontrou?

Ela enruga a cara e olha para trás, para a porta.

— Não sei. Eu tava no cemitério e, de repente, eu vi alguma coisa que meu deu uma parada estranha aqui — diz segurando a barriga com as duas mãos. — Aí, desapareci... e apareci aqui.

— Você lembra quem você viu?

— Quem te disse que foi uma pessoa?

— Não? Costuma ser alguém que você conhece. Foi o quê então?

— Eu sei lá. Minha cabeça tá meio *bugada*. Não dá pra lembrar. Pode ter sido uma pessoa mesmo...

Lógico que foi uma pessoa, criatura irritante.

— Tudo bem, depois você se lembra. A sensação foi de ser sugada, certo? — Ela concorda com a cabeça. — Viu alguém do outro lado?

— Eu não vi ninguém! Já disse, eu vim direto pra cá.

A tremedeira da mão e dos lábios me conta que ela não está sendo totalmente honesta comigo.

— Darla, eu saí do cemitério umas três, quatro horas atrás. Você ficou fora por tempo demais.

Ela abre a boca para contar o que aconteceu, mas desiste.

— Está acontecendo, não está?

— Tá acontecendo o quê?

— Você está sentindo que o seu tempo aqui está acabando e você tem que ascender. Se não fizer isso, e logo, você pode ficar presa aqui. Ou pior.

— Pior? O que pode ser pior que ficar presa contigo?

— O Umbral. É o depósito de almas atormentadas. Você precisa se desprender dessa vida e aceitar um novo lar, num novo plano.

— Eu já te disse que só vou embora quando descobrir o que aconteceu comigo.

— Isso é problema seu. O meu trabalho é te avisar. E eu já te avisei. Faça com a sua vida o que quiser.

— Não! Você vai me ajudar.

— Ah, é? Me diz como você vai me obrigar?

— Meu pai me falou como marginaizinhos, que nem você, funcionam. É tudo resolvido no dinheiro. E eu posso te dar muito dinheiro.

— Para de falar que eu sou um marginal!

— Você pode fingir ser o que quiser, mas não vai me passar lorota. Você não passa de um bandidinho barato.

— Esquece. Eu não vou te ajudar nem por todo o dinheiro do mundo. Vai embora! Sai da minha casa!

— Eu saio se eu quiser. Você não manda em mim — resmunga, dando uma volta para reparar nos detalhes da minha humilde residência. — Fora que isso aqui não é uma casa, é um chiqueiro. A parede tá toda suja e descascada. Tem resto de comida por todo o lugar. A porta tá toda arranhada perto do chão... Espera aí, você tem um cachorro?

— Não.

— Um gatinho?

— Olha, vou simplificar para você. Já estava aí quando eu me mudei para cá. Mas eu acho que isso foi feito por rato.

— Não...

— Fico entristecido que esta casa não é o palácio digno de vossa excelência. Infelizmente, é o que posso pagar, no momento.

— Isso mesmo, você é um coitado que precisa mais da minha ajuda do que eu preciso da sua.

— Então, eu preciso da sua ajuda? — A única coisa que eu preciso é achar a minha cachaça. Onde foi parar a cachaça? — Eu agradeço, mas passo.

— *Seje menas*. Morando numa imundice dessas, você não pode ter orgulho ainda. E eu sei que aquele papinho de mandar uma mensagem pros meus pais era pra tentar arrancar dinheiro deles.

— Eu estava tentando amenizar a dor deles.

— Mentindo?

— Se você não fosse uma criatura tão mesquinha, eu não precisaria mentir.

— Eu sou do jeito que eu sou. Puxei o meu pai. Ele pode ser grosso, mas não é imbecil que nem a minha mãe. Seu golpezinho nunca ia dar certo com ele.

— Golpe? Eu estava falando com você, não estava? Qual é o golpe, então?

— Ué? Mentir e enganar — diz com a sua estúpida cara de adolescente cheia de razão. — Eu odeio gente assim.

— Assim, como?

— Falsa. — Ela cruza os braços.

— Você não me conhece, não sabe nada da minha vida e continua achando que eu sou marginal...

— Eu não preciso conhecer mais nada da tua vida para saber o que você é!

— Então vai embora. Vaza! Eu não vou ficar ouvindo a sua voz irritante na minha casa.

— Você não queria arrancar dinheiro da minha mãe no meu enterro? Agora não vai aceitar o meu? Duvido. Te garanto que os dois vêm do mesmo lugar.

— Você mesma disse que eu sou um mercenário. Pronto. Eu estou precisando de grana mesmo. O ponto é que os seus pais têm grana e você não.

— Eu tenho dinheiro também!

— Você está morta, Darla! Você não tem mais dinheiro nenhum. A única coisa que veio com você foi o seu pijama ridículo.

Rebato por raiva, fazendo força para ignorar a única forma de ela conseguir me dar dinheiro: um novo cartão de crédito para a minha coleção. Sei que é uma armadilha. Não duvido que os seus pais tenham lhe dado um cartão de crédito. Contudo, mesmo que ainda não tenha sido bloqueado, vai ser impossível pegá-lo. Melhor esquecer.

— Ridículo é o seu terno e a sua burrice. Eu tenho dinheiro, sim. Só não está comigo agora. Mas eu sei onde pegar.

— Darla, me deixa em paz. Eu não estou num dia bom...

— Eu vou embora quando eu provar pra todo mundo que eu não me matei. Nenhum segundo antes — diz com ânimo minguante. — Eu sei que foi um acidente...

— E que diferença faz? Você morreu, Darla. Ponto final.

— Pra mim, faz muita diferença!

— Vai embora...

— Eu não vou. E você não pode me impedir.

— Garota, como você é irritante! Se eu pudesse, eu te mandava direto pro Umbral.

— Esse Umbral é o inferno?

— Parecido. É para lá que as piores almas vão.

— Escuta, eu sei que tu não pode me mandar pra lá. Se pudesse, já tinha me mandado. Eu acho que alguém ou alguma coisa te mandou no cemitério pra me ajudar e sei que você não pode se demitir. — Como é que ela descobriu isso tudo? — É horrível, mas eu sinto um vínculo entre a gente. Você sente também, não sente?

Me viro para não ver a sua cara pretensiosa.

— Não disse?

Olho pela porta entreaberta do banheiro. Minha alma se enche de calor. Não sei como foi parar lá. Nem me importa. Pego a bebida na pia do banheiro.

— Realmente não posso. Mas eu posso virar meia garrafa de cachaça e ficar tão doido que não vou nem saber se você está viva ou morta ou se é uma alucinação.

— Não. Você não vai fazer isso. Eu te proíbo!

— É mesmo?

Olho bem nos olhos dela enquanto desenrosco a tampa. Bebo sorrindo. Encarando o teto. Ignorando súplicas para que eu pare. Esperando o efeito da única coisa que ainda pode de me tirar desse mundo assombrado e me trazer alguma paz.

Taco a garrafa vazia para que se quebre no chão. Mas garrafas de plástico não se partem, elas quicam.

Deixo o arroto vir, mas prendo o vômito. Por pouco.

Tonto, a vejo triste e em silêncio sendo puxada por mãos esqueléticas de brilho arroxeado para dentro de uma porta de madeira preta, talhada com inscrições vermelho sangue.

Ela não resiste. Nada me pede. Apenas me olha.

Também nada faço. Observo enquanto ela desaparece junto com a porta.

Dona Aura não me falou dessa porta, mas só pode ser a entrada para o Umbral.

Corro para o banheiro. Coloco o dedo na garganta. Vomito até me sentir muito fraco e quase sóbrio.

Preciso de ajuda. E rápido. Ou Darla vai ficar presa entre almas atormentadas.

Ela é uma criatura mimada e irritante, mas ninguém merece passar a eternidade sofrendo.

Capítulo 24

Chego afobado à casa de dona Aura. A sala de estar está cheia de pessoas de branco. Todas impregnadas com suas perdas. Ávidos por uma sessão privada com a melhor médium do país.

Terão que voltar outro dia.

* * *

Após uma hora de tentativas, ela finalmente consegue localizar a alma de Darla e trazê-la de volta do Umbral. Termina tão cansada que senta na sua cadeira de balanço e me pede para dispensar todo mundo, remarcar as sessões para amanhã.

Volto ao escritório e Darla aparece para mim. Também está acabada. E desorientada. E chorando, tremendo e se abraçando. Duvido que ela tenha entendido o que aconteceu. Mas sei que sofreu durante todos os segundos em que esteve fora.

— Miguel — diz a minha professora, me furando com os olhos —, da próxima vez que você me pedir para ir ao Umbral buscar alguém, eu te mato e tranco a sua alma lá até o fim dos tempos!

— Desculpa, dona Aura — respondo de cabeça abaixada. — Mas não foi culpa minha. Esse trabalho está sendo particularmente difícil. Darla foi puxada do nada.

— Você deixou que o desespero dela a levasse. A culpa é tão sua quanto dela.

— Mas, dona Aura, você não entende...

— Miguel! — ela explode e eu me calo. — Você se esqueceu qual é o seu papel nesse plano?

— Não...

— Não é o que parece! O seu papel não é apenas guiar as almas desencarnadas, é garantir a ascensão delas!

Darla recupera um pouco de vida quando me vê levando bronca.

— Eu não escolhi isso!

— E quem escolhe? Ou você acha que eu gosto das pessoas vindo à minha casa todos os dias tentando provar que eu sou uma fraude? Ou dos risos mal disfarçados? Ou pior, desse choro todo?

— Eu não sabia. Você sempre está contente.

— Que fique de lição para você, Miguel. Tudo que nos é dado a mais é por algum motivo. Você ganhou o seu dom para ajudar as pessoas. Então ajude e seja grato pela oportunidade de ajudar!

— Desculpa, dona Aura.

— Tá, tá. Já tá bom de desculpas por hoje — diz e se vira para Darla. — E a senhorita poderia fazer o favor de engolir esse risinho besta?

— Você não é a minha mãe pra mandar em mim.

— E se fosse, você me respeitaria?

— Não te interessa!

— Não mesmo. Nem um pouco.

— Então, por que tu me trouxe de volta?

— Porque lá não é o seu lugar. E porque o Miguel me pediu.

— Ele pediu pra você me buscar?

— Sim. E você deve desculpas a ele. Você não faz ideia de tudo o que ele já passou na vida para ficar desrespeitando ele.

— Como você sabe disso?

— E faz diferença? Você vai querer ouvir a explicação?

— Não — concorda Darla. Então, se vira para mim. — Tá bom... Desculpa.

— O quê? — digo. — Não ouvi direito.

— Eu disse: desculpa!

— Não força a barra, Miguel — diz dona Aura.

— Tá. Descul... Ok.

Dona Aura segura a mão de Darla e a menina se espanta com o toque. Até eu sempre me surpreendo com as habilidades da minha professora.

— Minha querida, quero que você se concentre em tudo de bom que aconteceu na sua vida e deixe tudo de ruim para trás. O que passou, passou. O que te aborreceu não é nada além de passado. Escolha a felicidade, o amor, o perdão. E vá. Você tem uma vida nova e linda pela frente.

Darla fecha os olhos com força.

— Ascenda, criança. Ascenda — diz dona Aura em voz crescente. — Ascenda que o seu tempo nesse plano acabou. Um novo plano te espera. Uma nova vida te espera.

O contorno de Darla começa a brilhar. Cada vez com mais intensidade. Ela flutua. Sobe devagar, mas sem parar.

Meu inferno está acabando. Darla vai ascender e eu vou voltar para a minha vida normal. Vivendo numa espelunca em ruínas. Comendo mal e bebendo mais do que devo. Pagando barato por sexo ruim. Trabalhando em lugares sujos em tantos sentidos. Vendendo ascensão para quem não quer comprar.

Não é o que eu pedi a Deus, mas, ao que parece, é o que cabe a mim nessa vida.

É então que Darla abre os olhos, angustiada. A luz apaga. E ela desce em um baque.

— Merda — nós três dizemos juntos.

Capítulo 25

Lá pelos dez anos de idade, eu vi uma criança chorando no meu quintal. Era uma menina que morava numa das casas da vila. O nome dela era Catarina. A gente brincava todo dia antes de ir para a escola.

Um dia, ela parou de ir. Eu perguntei para minha mãe se ela estava doente. Ela disse que Catarina não estava mais doente. Agora estava boa. Tinha ido morar longe, bem longe, no céu, e não ia mais poder brincar comigo.

Eu fiquei mal. Era a minha única e melhor amiga. A única pessoa que brincava comigo, além dos meus irmãos. Mas não havia nada que eu pudesse fazer. Minha mãe disse que não tinha telefone no céu.

Mas lá estava ela. Chorando. No meu quintal.

Não deu nem tempo de ficar feliz por ela ter voltado para brincar comigo. Nem furioso por ela ter se mudado sem avisar. Ela estava muito triste.

Eu perguntei o que havia acontecido. Ela virou uma estátua quando me ouviu. Muda. Imóvel. As lágrimas caindo eram o único movimento.

Então, ela desapareceu. Bem na minha frente.

Eu corri para casa e contei para mamãe o que tinha acontecido. Ela não gostou. Achou que estava inventando. Disse que se eu brincasse sobre esse tipo de coisa outra vez, ela ia marcar as minhas costas com o cinto. O cinto grosso. O cinto que tinha sido do meu pai. O cinto que a minha mãe usava quando queria incorporar aquela disciplina agressiva do meu pai.

Eu expliquei que não era brincadeira.

Ela considerou essa explicação como a segunda vez que eu brincava sobre esse tipo de coisa.

Cumpriu a sua promessa.

Marcou as minhas costas.

No dia seguinte, a minha amiga apareceu de novo no meu quintal. Eu fingi que não vi nada. Fingi que não ouvi quando ela me pediu ajuda.

Ela estava muito sozinha. Ninguém falava com ela. Ninguém a enxergava. Nem a mãe, nem o pai dela. Nem a avó Dulcinha.

Ela disse que alguma coisa tinha acontecido com ela. Não sabia ao certo. Queria que eu a ajudasse a descobrir. Que precisava da minha ajuda. Então eu olhei para ela. E mostrei as minhas costas. Disse que não podia fazer nada. A minha mãe ia me bater outra vez.

* * *

Naquela época, eu ainda tinha medo das cintadas.

Durou pouco. A repetição tira a emoção das coisas. Feridas abrem e fecham. Machucados saram. A mente transforma a dor em rotina. Não se teme a rotina.

A única ferida que não sarou foi a lembrança da minha pequena amiga, minha primeira amiga, implorando pela ajuda que eu neguei.

Ela ainda tentou mais uma vez, depois nunca mais apareceu para mim. Em algum momento, ela acabou descobrindo que morreu. Todos descobrem.

Mas eu podia tê-la poupado do sofrimento. Podia ter ajudado. Podia ter estendido a mão para uma das primeiras pessoas que gostaram de mim. Até hoje, uma das poucas pessoas que gostaram de mim.

Capítulo 26

— O que aconteceu, Darla? — indaga dona Aura, com a calma recuperada.

— Não dá! — diz Darla. — Eu não posso ir. Ainda não. Eu tenho que descobrir o que aconteceu comigo. Eu tenho que saber como eu morri.

Ai, meu ranho sagrado. Essa conversa outra vez. A criatura, além de achar que o Universo gira em torno dela, tem uma cabeça mais dura do que a minha.

Eu fico mudo. Quero gritar, xingar. Mas fico mudo. Por fora, sou a calma transcendental da minha professora. Por dentro, queimo.

— Você não tem que fazer nada além de ascender, querida. Não precisa ter medo. Vai ser uma experiência prazerosa. A melhor coisa que você já sentiu. Eu te prometo.

— Tava joinha mesmo... — diz distraída e se cala por uns instantes. Então, volta obstinada. — Mas não dá. Eu não posso ir embora ainda.

— Darla — digo —, é normal um desencarnado não lembrar como morreu. Com um suicida é mais normal ainda.

— E você já morreu para saber?

— Não... quer dizer, provavelmente já morri em outras vidas. — Ela revira os olhos e faz careta. — Mas eu já falei com muitas pessoas que morreram. Muito mais do que você imagina. Posso garantir que pouquíssimos se lembram.

— Para de lorota. Você não pode me garantir nada! A morte é minha e ninguém sabe mais dela do que eu.

— Duvido muito. Se os seus pais, que são as pessoas que mais sofrem com a culpa, aceitaram...

— Eles estão errados!

— Darla, aceita que dói menos.

Dona Aura coloca a mão no meu ombro para que eu me cale. Eu obedeço.

— Darla, o que você acha que aconteceu?

— Eu não sei. Eu só sei que não me matei! Tá todo mundo errado! É sempre assim. Esse traste insuportável também tá errado! Ele não sabe nada da minha vida, mas acha que sabe...

— E por que a sua morte faz tanta diferença para você?

— Porque eu não quero que as pessoas fiquem achando que eu era uma *loser*.

— E para quem faria diferença se você era ou não uma *loser*?

— Pra muita gente!

— Darla, responda.

— Pro meu pai. Ele não criou uma princesinha suicida. Ele me criou para assumir os negócios da família. Eu nunca ia fazer isso com ele. Nunca!

— E a sua mãe?

— O que tem ela?

— Você pensou nela quando quis ficar neste plano?

— Talvez.

— Abra o coração, criança. Senão você não vai ter a ajuda que precisa. Sem essa ajuda você pode ficar presa aqui.

— Eu não tenho medo de ficar aqui.

— Darla!

— Que saco! Tá bom, eu pensei na minha mãe também. Eu não quero que ela pense que eu me matei porque a gente tava brigada.

Tá feliz? Eu sei que ela tá achando que a culpa é dela. Mas não foi. Eu não me matei.

Dona Aura toca o seu rosto com carinho.

— Eu acredito em você.

Capítulo 27

— Acredita? — perguntamos juntos.

— Sim — diz, olhando de cara feia para mim, depois sorrindo para Darla. — Você não é uma alma amargurada. Nem eu conseguiria te trazer de volta do Umbral se fosse. Eu nunca conheci um adolescente suicida que não seja atormentado.

— Viu, otário! — Darla aponta o dedo na minha cara. — Não te disse?

— Mas isso não muda a questão — retoma dona Aura.

— Não? Por que não?

— Você tem pouco tempo para ascender. Há quanto tempo você morreu?

— Dois dias, eu acho.

— Eu diria que você tem mais uns cinco dias, no máximo. Sete é um número poderoso para os espíritos, costuma ser o limite. Depois disso, vai ficar cada vez mais difícil ascender. Não é impossível. Mas existem grandes chances de você ficar presa aqui até todos os seus conhecidos morrerem. Ou até depois disso. Ou para sempre.

— Cinco dias são mais do que suficiente.

— Não, Darla — digo — Vai embora. Ascende logo. Eu te prometo que vou descobrir o que aconteceu.

— Você jura? — pergunta com voz doce e olhos esperançosos.

— Lógico.

— E você acha que eu acredito em você? Você é ridículo. Pra mim, você não passa de um golpista barato. Pra um bostinha que nem você, enganar espírito deve ser mais fácil do que enganar gente viva.

Antes que eu decida entre responder à altura ou me virar e ir embora, dona Aura intervém.

— Vocês dois estão me irritando. Eu tô cansada demais e mais velha ainda para essa briguinha. E já tá tarde. Já passou da hora de vocês irem embora. Vão para casa e não me procurem amanhã. Tem muita gente precisando da minha ajuda. Eu já fiz demais por vocês dois. Agora, vocês se virem sozinhos.

— Desculpa, dona Aura. Eu não tenho como agradecer por você me tirar daquele lugar. Obrigada mesmo — diz Darla. — Só tem mais uma coisinha que eu queria saber. É importante pra mim.

— Pode falar.

— Existe algum jeito de trocar de roupa? Eu não quero ficar andando por aí de pijamas.

— Você só pode estar de sacanagem, Darla! Respeita a dona Aura. Ela já disse que está cansada. Ela não está aqui para ficar aturando as suas besteiras, não.

— Ah, meu caro Miguel — diz a minha professora. — Você não entenderia a importância desse tipo de coisa para uma jovem. Você já nem é mais tão jovem, inclusive. Nem teve uma juventude apropriada.

Abaixo a cabeça envergonhado. E puto.

— Se você se concentrar em uma coisa que gostava muito, que era preciosa para você, poderá ter uma representação dela no plano espiritual. Com as roupas não é diferente.

Darla fecha os olhos e morde os lábios. Cerra os punhos e treme toda. Fica assim por alguns instantes.

— Não é uma questão de força. É questão de concentração.

— Eu tô tentando!

— Pensa em uma roupa. Pensa em como ela te fazia se sentir especial.

— Eu tô pensando...

— Já sei. Miguel, vire de costas, por favor.

Eu obedeço.

— Pode desvirar.

Darla agora usa um vestido tomara que caia. É prateado em cima e desce em degradê até o preto na altura dos joelhos, onde termina.

Por mais que queira falar o contrário, ela fica linda nele. A roupa é uma moldura feita sob medida para ressaltar a beleza da obra.

— Eu ia usar na formatura. Eu queria mostrar pro Rico... pra ver se ele ia gostar...

— Tenho certeza que sim, querida.

— Rico, quem? O seu ex?

— Não te interessa — rosna. — Vira, Miguel.

Ao desvirar, ela veste uma calça jeans surrada e rasgada nos joelhos e uma blusa preta desbotada.

— Exatamente. Não interessa a mais ninguém — encerra dona Aura me olhando feio. — Darla, parece que você quer me fazer uma última pergunta.

— Quero... quero sim.

— Pode falar.

— Miguel disse que viu a minha avó no cemitério. Será que ela não tá por aí pra me ajudar? Se ela tava comigo quando eu morri, vai poder me dizer o que aconteceu.

— Infelizmente, querida, ela não vai poder te ajudar.

— Não? Por quê?

— Quando eu fui te buscar, fiz contato com ela. Ela está alimentando as próprias sombras. Não é uma alma com quem você deve conversar agora.

— Mas e se ela puder me ajudar? E se eu puder salvar ela também?

— Ela poderia te ajudar, mas ela não vai. Ela não quer o teu bem. Foi ela quem te puxou para o Umbral, querida. Ela queria te prender lá.

— Entendo... A minha mãe sempre dizia que ela era uma cobra mesmo. Nem o meu pai tinha muita paciência para os chiliques dela. Mas eu achava que ela gostava de mim...

— Ela gosta, querida. Do jeito dela, mas gosta.

— Egoísta e cruel, você quer dizer — alfineto.

— Eu não quero dizer nada. E vocês devem ir indo. Eu tô morta de sono.

— Obrigado, dona Aura. — Beijo a sua mão.

— De nada, meu filho. Vá em paz e cuide da nossa Darla. — Ela senta na sua cadeira de balanço e fecha os olhos. — Darla, o perdão é a chave para você se desligar desse plano. Perdoe todo mundo. Quem foi mau contigo. Mesmo os que te traíram. E, principalmente, você mesma. Se fizer isso, vai ascender e vai ser feliz na sua nova vida.

— Tá — diz cabisbaixa.

— Mais uma coisa, Miguel. Já passou tempo suficiente para digerir a sua questão. Então, pare de usar a bebida para fugir dos seus problemas. Você não é um covarde. Nunca foi. Não aja como um. Assuma as rédeas da sua vida.

— Pode deixar — digo cabisbaixo.

— Depois que a nossa querida Darla ascender, essa casa vai te acolher. Se você quiser, você vai voltar a fazer um bom uso do seu dom. E vai ter a tranquilidade que tanto precisa.

— Eu vou pensar.

— Você tem alguns dias para decidir. Cinco, talvez.

Capítulo 28

Disparo com o Fusca para ignorar a minha companhia.

Agora que a adrenalina passou, o resto do álcool mexe com o resto do meu juízo.

Preciso de toda a atenção para a pista.

Por isso, eu corro.

* * *

Nesses tantos anos vivendo entre espíritos, nunca tive que dar carona para um deles. Darla insistiu em ficar grudada comigo. Não confessou, mas tem medo de ser puxada para o Umbral outra vez. Da próxima, ela pode não ter a mesma sorte.

— Se eu fosse você, ia voando do lado de fora. Poder voar e não voar é burrice.

— Eu não posso voar.

— Pode sim.

— Eu não sei voar.

— Se você quiser, você aprende.

— Ai, que saco! Me deixa em paz.

Ô, criatura intragável, meu Deus. Não consegue ser agradável nem por cinco minutos. Depois que isso acabar, a minha única regra vai ser não ajudar espíritos de adolescentes.

Não! Depois de Darla, eu vou parar de falar com qualquer adolescente. Vivo ou desencarnado.

Mordo o hambúrguer de gosto dúbio. Gordura e arrependimento.

Assim que fiz o pedido, a culpa bateu. Deixei a fome, de um dia longo demais, me guiar para esta lanchonete. Escolhi uma parecida com a que mamãe nos levava antes do pai nos abandonar.

Foi um erro. Devia ter comido em um podrão qualquer. Ela que me arrancou todo o dinheiro que tinha. Além dos vinte reais que dona Aura me emprestou. Sobrou uma solitária nota de dois e algumas moedas. As moedas eu deixei no balcão.

A assombração olha o meu sanduíche com atenção.

— O que foi?

— Nada...

— Por acaso, você está com fome? Porque isso passa. Você não precisa mais comer.

Um casal olha para mim com o típico olhar de "cuidado com aquele maluco ali". Para eles, estou conversando sozinho.

Eu os encaro até que mudem de mesa. Vão para uma do outro lado do salão. A melhor parte de me acharem louco é que ninguém quer ficar perto de mim. Menos ainda ter contato. Atravessam as ruas quando chego perto. Agarram as mãos das suas crianças. Fecham as janelas dos carros.

Eles fogem.

Ao menos com os vivos eu tenho alguma paz.

Capítulo 29

— Precisava fazer isso? — questiona Darla. — Eles tavam quietos na deles.

— Precisava.

— Olha, eu sei que a gente começou no ranço, mas a gente vai ter que se aturar por mais uns dias. Eu não quero que a última coisa que eu lembre dessa vida seja essa sua cara de maluco.

— Nossa! Como você é uma menina centrada... Meus parabéns!

— Você não para de me *trollar*, hein? Eu tô falando sério. Eu pensei no que dona Aura falou e eu não quero ser um peso para você. Você me ajuda e eu vou te ajudar também.

— Eu agradeço a sua ajuda, mas eu estou ótimo. — Abro os braços com o copo de refrigerante em uma mão e o hambúrguer na outra. — Não dá para ver?

— Olha, eu sei que peguei pesado falando que você era um marginal. Talvez quando eu ofereci dinheiro também. Mas você sabe que vai ter que aceitar.

Será que ela realmente tem alguma forma de me dar dinheiro? Será que ela consegue achar o seu cartão de crédito?

— Eu tô bem. Não preciso de ajuda.

— É mesmo? Nem da ajuda de dona Aura? Eu tava lá do seu lado quando ela te deu vinte reais. A única razão pra você estar comendo é que ela te deu esse dinheiro.

— Ela me emprestou. Eu vou devolver.

— Ah, tá. Quando? E com que dinheiro tu vai comer amanhã? Fora que se tu não tem dinheiro pra comer, duvido que tenha para pagar aquele lixo de hotel.

— Isso não é problema seu.

— Até quinta-feira, é sim!

Eu viro para o lado e mordo o hambúrguer. Ela não se aguenta, contorna a mesa e para na minha frente.

— Miguel, acredita em mim. Eu sei que posso te ajudar a colocar a vida no lugar.

— Eu sei me virar sozinho. Não preciso do seu dinheiro.

Ela me encara com a cabeça meio caída para a esquerda.

— Tá. Eu preciso do dinheiro. Mas não vou aceitar.

— Então, é melhor aprender a roubar banco.

— Eu não sou o marginal que você e a sua família pensam...

— Foi zoeira, idiota. Mas tu vai acabar virando bandido de verdade se não aceitar a minha ajuda. Meu pai sempre diz que é a necessidade que faz o ladrão.

Essa maldita alma penada acaba com a ligeira tranquilidade que o hambúrguer me deu.

Eu não sei o que fazer. Vou perder o quarto do hotel. Terei que dormir no Fusca. Não sei onde tomarei banho. Nem onde vou lavar a roupa. Menos ainda onde vou arrumar comida.

A minha vontade é de rastejar até a casa de dona Aura e dizer que eu aceito ficar com ela. A casa dela é um bom refúgio. Lá é o único lugar em que posso ser respeitado. Onde não sou um maluco. Onde sou uma pessoa de bem.

Mas também soa como uma prisão. Regras e restrições e demandas sem fim. Fora os remédios que ela usa para se acalmar e para melhorar a concentração. Diz que melhora muito a sua sensibilidade espiritual. Ela vai querer que eu os tome também.

Não. Eu vou dar um jeito. Tenho que dar um jeito.

— Por quê? Eu nunca precisei de ninguém. Não vai ser agora que vou começar.

— Juro que eu não tô tentando te ofender, mas se você aparecer esculachado na casa de alguém, ninguém vai te atender. E vão chamar a polícia.

As palavras trazem lembranças que eu gostaria de apagar. Foram tantas vezes que fui destratado por não estar vestido da forma adequada. Tantos empregos que eu não consegui quando viram os pequenos furos na minha calça social.

Queria apresentá-la à mamãe, ao meu irmão, ao maldito padre. Queria assistir um desses monstros brincando com as costas dela com um cinto. Até marcar. Até quebrar sua petulância. Até ela, finalmente, assimilar um pouco de quem eu sou, pelo tanto que sofri.

Capítulo 30

Eu quis fugir do cinto. Por isso, não ajudei Catarina. Mas a minha irmã, que era dois anos mais velha, me viu e contou para a minha mãe que eu estava conversando sozinho no quintal.

Mamãe me puxou pela orelha. Trancou a casa e perguntou o que eu estava fazendo. Eu menti. Disse que estava cantando. Minha irmã me desmentiu. Meu irmão, que nem estava lá, confirmou que eu estava falando sozinho. E a minha mãe entendeu que eu estava falando com Catarina.

Ela abriu as minhas costas e me trancou no quarto. Fiquei dois dias sem comer ou beber qualquer coisa. Fui rebelde, não me permiti chorar alto. Só para mostrar à mamãe que ela não conseguia me atingir. Mas as feridas inflamaram e os meus gemidos febris foram todos ouvidos.

Minha irmã se sentiu culpada e jogou biscoitos e aspirina pelas frestas da janela. Passou um saco de supermercado também. Segurei o fundo e ela o encheu de água.

Até hoje, mesmo depois de tantos desencantos, sou grato. Sem ela, eu não teria sobrevivido.

Mas mamãe descobriu. Minha irmã apanhou até mamãe arrancar a solidariedade dela.

A mãe falou que o jejum era para me purificar. Eu jurei que não tinha comido nada. Só bebi água. Ela fingiu acreditar.

No terceiro dia, quando estava puro o suficiente, me levou para rezar na igreja. Fugi e me escondi nos aposentos do padre. Pedi água e comida. Ele me deu. Eu contei o que a minha mãe vinha fazendo. Ele me explicou que foi ele quem havia doutrinado a minha mãe sobre o poder de cura do jejum. Eu estava com o demônio no corpo e eles precisavam enfraquecê-lo antes do exorcismo.

Além do jejum, o flagelo da carne enfraqueceria a besta. Isso manteve a barriga murcha e as costas abertas.

Minha sorte foi que tia Adriana, a minha professora, se preocupou com a minha apatia. Tinha perdido uma aluna e quis saber o que acontecia comigo. Eu não contei. Fui forte. Disse que era saudade de Catarina. Mas ela me abraçou e descobriu as minhas costas.

Ela colocou a boca no trombone. Mamãe quase foi presa.

Para se salvar, colocou a culpa no padre. A igreja o transferiu para uma cidadezinha do interior e evitou o escândalo. Nunca mais soube dele.

Mas para a mamãe, eu nunca fui a vítima. Ela deduziu que eu tramei para ela ser presa. Era a confirmação que esperava. Sim, seu filho estava possuído. Afinal, nenhuma alma humana incriminaria a própria mãe.

A sua responsabilidade de mãe cristã era arrancar esse mal de mim.

Por isso, ela entregou o cinto para o meu irmão mais velho com a instrução de me bater até marcar sempre que eu falasse sozinho ou agisse de uma forma inapropriada.

Eu ainda gostava do meu irmão nessa época. Eu queria ser forte e inteligente como ele. A gente até brincava às vezes. Mas ele gostava mais de brincar com o cinto do que comigo.

Capítulo 31

Mordo a parte interna da boca até que a dor engula a raiva. Um desafortunado como eu não tem o direito de ser orgulhoso. Preciso pagar as minhas contas.

— E o que você propõe?

— Uma transformação.

— Olha, eu não tenho tempo para esse tipo de baboseira. Eu estou bem do jeito que eu estou.

— É mesmo? Então me diz há quantos dias você não toma um banho e coloca uma roupa limpa?

— Essa roupa tava limpa hoje de manhã. Se o seu pai não tivesse me esfregado na lama, nem ia estar suja.

— Ah, tá! Esse paletó não tá limpo há muito tempo. Ele tá cheio desses pontinhos brancos... — Aproxima a mão e a afasta como se levasse um choque. — Meu Deus, isso é mofo? Me diz, como é que uma parada em decomposição pode estar limpa?

— Está assim porque não é tão novo. Mas está bom ainda.

— Tão novo? Tipo quantos anos, dez?

— Não é da sua conta.

— É sim! Gostando ou não, as pessoas julgam as outras pela aparência. Por exemplo, se você tivesse com um terno decente quando falou com o meu pai ele ia te ouvir. Não por muito tempo, é verdade, mas ia te dar a chance de se apresentar. Agora, com esse terno de vendedor de enciclopédia falido...

— Isso só prova que o seu pai é um escroto, não que eu estou errado. — Ela dá de ombro. — E quando foi que você viu um vendedor de enciclopédia?

— Nunca nem abri uma. Meu pai que sempre diz isso — ela conta sorrindo, como se fosse uma lembrança boa. — Aliás, é tipo a coisa mais ridícula que já vi. Um monte de livro gigante que já nasce desatualizado. Só ocupa espaço. Mas a biblioteca do meu pai é cheia delas. Deve ter conhecido muito vendedor de enciclopédia. Por isso que vive falando isso dos *losers*. Sem ofensa.

Como eu odeio quando essa criatura está certa. Já faz um bom tempo que as pessoas me olham torto. Nem me deixam começar a falar.

Se eu consigo me apresentar, o respeito acaba assim que descobrem que eu converso com espíritos.

Estou cansado de dar com a cara na porta. Estou farto de precisar provar o meu valor. Eu quero que as pessoas olhem para mim e vejam alguém normal, um sujeito qualquer. Sem prejulgamentos.

Está na hora de tentar outra abordagem.

Capítulo 32

— Tudo bem. Me fala como você vai arranjar grana.

— Bom, meu plano tem três partes.

Não acredito que estou realmente prestes a ouvir o plano de uma adolescente sobre arranjar dinheiro. Como a vida poda as nossas opções.

— Ok.

— A primeira parte é a mais difícil. Pra você, pelos menos. Tu não vai gostar.

— Fala logo.

— Eu preciso que você faça um pequeno investimento.

Coloco todo o meu dinheiro na mesa: minha nota de dois reais.

— Eu tô falando sério!

— Você sabe que eu não tenho dinheiro nenhum. Não parou de tagarelar sobre isso, esqueceu?

— Eu sei, eu sei. Não sou idiota, coiso — diz, tamborilando os dedos na mesa. Não faz barulho, nem encosta, mas irrita. — Eu preciso que você venda aquela sua lata velha.

— Ah, lógico, lógico! Vou vender o meu Fusca e te comprar uma Barbie. Quer o castelo da Barbie também? É só pedir.

— Para com o chilique e escuta o resto, que vai fazer sentido.

— Nem precisa continuar! Você me chama de vigarista e quer que eu venda a única coisa de valor que tenho para te ajudar? Você só pode estar zoando com a minha cara.

— Para de ser insuportável e me escuta! — diz com uma autoridade que eu desconhecia.

— Tá. Mas eu não vou vender o Fusca.

— A segunda parte é a seguinte — ela eleva o tom —, você vai gastar o dinheiro que conseguir comprando umas roupas novas.

— Lógico, lógico. Faz todo o sentido.

— Nada de muito caro — continua, me ignorando. — Qualquer coisa que tire essa sua cara de cracudo. Cortar esse cabelo de mendigo vai ajudar e muito. E vai reservar um quarto num hotel de verdade. Não vou passar os meus últimos dias num chiqueiro.

— Realmente, um ótimo investimento para uma semana. E depois? O que eu vou fazer da vida? Já pensou se eu não conseguir um trabalho e ainda ficar sem carro?

— Olha, eu duvido que alguém te dê um trabalho com esse *outfit*. E não dá pra chamar aquela lata velha de carro — diz, alegre com a minha indignação.

Eu daria a minha alma para trazê-la de volta à vida. Só para estrangulá-la. Para ver a vida abandonando os seus olhos. Aí, eu ia concordar que ela não se matou. E ela poderia me deixar em paz.

— Pode parar com essa cara de psicopata. Cruz credo, Miguel. Eu tava brincando. Quer dizer, só tem aquele fundinho de verdade, né?

Como essa tratante está feliz com um plano que me arranca o pouco que tenho. Que espanca o oprimido. Será que ela é do tipo que bate em mendigo adormecido? Será que o melhor lugar para ela não seria o Umbral mesmo?

— *Menas*, traste. Se você me ajudar, eu vou dar um jeito de arranjar um carro novo pra você. Nada de muito caro, claro. Mas dá pra conseguir uma parada bem menos patética. — Ela sorri e pisca para mim. — Você merece mais do que esse pedaço de ferro velho.

Ela sabe como eu gosto do meu Fusca e está tentando me comprar com uma mentira. E mesmo nessa promessa falsa, ela não perde a oportunidade de me agredir.

— Por que você sempre tem que ser tão desagradável?

— É o meu charme especial — diz, mas seu sorriso desaparece. — Me deixa continuar. A última parte é a mais importante. Você vai ligar para a Pâmela e se encontrar com ela.

— Quem, a sua amiga?

— A minha ex-melhor-e-única-amiga-da-vida.

— E o que essa Pâmela tem a ver com o seu plano? Você não é do tipo que precisa espalhar o perdão.

— Nunca! Eu não virei uma anja só porque eu morri. Eu não vou perdoar aquela cadela por nada nesse mundo. Ponto final.

— Dá para perceber. O que você quer com ela, então?

— Ela ficou com o cartão de crédito que o meu pai me deu. A gente usava ele pra sair. Ficou na bolsa dela na última noitada que a gente fez.

— E você quer que eu roube esse cartão dela? Porque se for isso, eu te digo que não vai dar certo. Eu não sei fazer essas coisas — digo para ela e também para mim. A oportunidade de um novo cartão traz uma dose elevada de tentação.

— Meu Deus, que ser *chiliquento*! Eu só quero que você entregue uma mensagenzinha pra ela. Aquela *falsiane* vai te entregar o cartão, aí nós entramos no plano de verdade. Até agora é só o pré-plano — diz, empolgada com a astúcia que só ela enxerga. — Com o cartão na mão, vamos às compras de verdade. Eu vou arranjar um terno top pra você. E, se tu te comportar bem, a gente compra até um carrinho novo pra você.

— Você está louca? Eu não vou comprar um carro num cartão de crédito. Você quer que eu seja preso? Só pode ser.

— Deixa de ser frouxo. O pessoal da escola faz isso direto. É por isso que o cartão não tem limite.

— Sério? Nossa, você era magnata mesmo, hein?

— Era e ainda sou, patetinha. Até eu sair dessa situação de bosta, aquele cartão é meu.

— É isso? Todo o seu plano se resume a ir ao shopping. Como num filme.

— Não... — diz contrariada. — Isso também faz parte do pré-plano, que, inclusive, só existe porque você é o rei da pobreza. O plano de verdade começa quando você estiver apresentável. Aí a gente vai começar a investigar. Você vai se passar por um advogado ou um repórter ou qualquer outra parada respeitável. Aí, nós vamos dar uma passadinha na delegacia pra saber por que eles não fizeram o trabalho deles direito.

— E vai ser simples assim? Se eu vestir um terno bonito, eu vou convencer o delegado que eu sou um advogado.

— Meu pai diz que sua roupa é metade do que você passa pras pessoas. Minha mãe diz que é 90%.

— E você acha que eles são o suprassumo da sabedoria?

— Você pode não gostar da minha mãe, mas o meu pai é muito inteligente. E esperto. Todo mundo sabe disso.

Não dá para acreditar que estou caindo na conversa de uma menina de quatorze anos. Uma menina mimada e egoísta de quatorze anos. Eu devo ser o imbecil mais burro do Universo para aceitar isso.

Capítulo 33

— Tudo bem, mas eu não vou vender o meu Fusca.

— Por que você não venderia? Eu já te disse que você vai acabar com um carro melhor. Tu vai vender sim!

— Não. Eu não quero vender o meu carro. Ele tem valor sentimental.

— Você tá fazendo isso só pra acabar com o meu plano!

Ela bufa e grita uma coisa aguda que dói o ouvido.

— Tudo bem — continua —, mas você vai ter que arrumar pelo menos uns quinhentos reais. Dá o seu jeito.

— Quinhentos reais? Você tá comendo cocô? Onde você acha que eu vou conseguir esse dinheiro?

— Isso é problema seu.

— Pera aí! Você acha que o Fusca só vale isso? Ele vale muito mais! É um Fusca 79 todo original.

— Seu louco, você acha que ter um carro velho desse jeito é lacração? Aquela coisa velha demorou mais de uma hora pra ligar.

— Nem quinze minutos...

— Ah, tá. Acredite no que você quiser. E tem mais uma parada: você não vai aparecer com essa coisa perto da minha casa. Nem na delegacia. Vai chamar atenção errada e estragar o meu plano.

— Eu não vou andar de ônibus.

— Então arranja o dinheiro do táxi.

— Mais dinheiro? Essa é a sua solução para tudo?

— Costumava ser. Sempre funcionou.

— Diz a menina morta, com um pai babaca, uma mãe que não gosta dela e com uma única amiga que a traiu com o seu namorado.

Ela olha para baixo. Sua boca treme. Os braços a envolvem. Parece que vai chorar, mas abaixa a cabeça e fica em silêncio enquanto se afasta atravessando a vidraça da lanchonete e a porta do carro.

Chego a ouvir o esporro que dona Aura me dará sobre a minha falta de sensibilidade. E ela estará certa. Eu tenho que ajudar as almas perdidas que me foram confiadas. Não acabar de jogá-las no Umbral.

Engulo o que sobrou do sanduíche com o resto do refrigerante. Vou atrás dela e paro na sua frente.

— Desculpa, Darla. Eu fui um idiota. Isso não tem nada a ver com você. É que eu não quero vender o Fusca. Ele era da minha mãe. É a única coisa que eu tenho dela.

— Tá.

— Mas eu tive uma ideia melhor. Vou pedir um empréstimo para dona Aura e colocar o Fusca de garantia. Aí, eu consigo o dinheiro e recupero o carro quando puder pagar.

— Tá.

— E eu pensei em uma coisa que pode provar que você não se matou.

— O quê? — pergunta, animada.

— A carta de despedida. A gente tem que descobrir se você deixou uma carta de despedida. Se não tiver nenhuma, então você não se matou. Ninguém se mata sem deixar pelo menos um bilhete.

Capítulo 34

Dona Aura não ficou feliz com a minha proposta. Mil reais para usar o Fusca por um ano. No final desse ano, ou eu pago ou ela fica com o Fusca. Sem pagar mais nada.

Ela até queria um carro. Um carro melhor, talvez. Um carro maior. Ou novo. Não sei. Mas não o meu Fusca.

Acima de tudo, ela não queria perder esse dinheiro.

Eu expliquei para ela que o meu Fusca vale pelo menos três mil e quinhentos. Cinco, se fosse bem vendido. Na verdade, seria um investimento.

— E como você vai conseguir o dinheiro para me pagar? — perguntou.

Um ano. Doze meses. Trezentos e sessenta e cinco dias. É tempo suficiente para mudar de vida. Arrumar um emprego decente. Limpar meu nome. Pagar as minhas dívidas. E o empréstimo com dona Aura seria o primeiro a ser pago. Uma questão de honra.

Ela pediu desculpas e fechou a porta na minha cara.

Eu sacrifiquei três dedos da mão para contar que o dinheiro era para ajudar Darla. A criatura tinha um plano que eu achava bom.

— Miguel, quem é que está no comando? Qual dos dois é o adulto?

Eu, lógico. Mas Darla é uma menina inteligente. Eu tenho que reconhecer isso.

Ela concordou, finalmente. Adicionando uma lista de exigências.

Eu prometi que não ia gastar nenhum real com bebida. Que não ia pisar em bordéis. Que ia ser responsável no meu próximo emprego. Chegar cedo, sair tarde e essas coisas. Que ia melhorar a minha alimentação. Que ia dormir pelo menos oito horas por noite. E que ia pensar com carinho em ir morar com ela.

Dona Aura me entregou setecentos e cinquenta reais. Os outros duzentos e cinquenta foram o meu primeiro pagamento.

Eu concordei, sério. Agradeci humilde.

E comemorei muito quando o táxi virou a esquina. Não esperava conseguir mais do que quinhentos reais. Isso é um terço de lucro. Ou metade. Ou o dobro. Não sei.

Capítulo 35

Com setecentos e cinquenta reais na mão, dei até gorjeta para o taxista. Arredondei a corrida de onze para vinte reais. Não lembro quando foi a última vez que um desconhecido ficou feliz ao me ver. Não foi espontâneo. Mas ele mudou o humor quando paguei adiantado.

Estou tão em paz que deixo Darla me guiar pelo shopping center. Estou com mais dinheiro no bolso do que eu ganhava no mês. E é tudo para queimar em um dia. Hoje, eu vingo os meus dias de dureza. Um por um.

Andamos a esmo. Olhamos vitrines, vestidos, bolsas, sapatos, joias. Ela entra em algumas lojas. Eu a espero do lado de fora. Não quero que os olhares suspeitos das vendedoras quebrem o clima.

Durante o passeio, conversamos sobre coisas banais: quais lojas ela gosta e não gosta, se ela sempre morou na mesma casa, que músicas costumava ouvir. Nada que possa evocar os nossos problemas.

Ela ri, grita e gargalha sempre que eu adivinho suas bandas preferidas. E fica chocada quando deduzo o bairro que ela mora pelo carro do seu pai. Eu não entendo sua euforia, mas fico contente em conhecer o seu lado feliz, seu lado vivo.

Se as pessoas pudessem vê-la, achariam que sou seu tio ou padrinho. Como não conseguem, acham que eu sou um louco obcecado por lojas de adolescentes.

Não me importo. Converso com ela normalmente. O julgamento dos ignorantes não pode inibir o que eu tenho de melhor a oferecer para o mundo.

Mesmo sob a preocupação alheia, é o meu dia de sorte. Os seguranças que costumam me seguir, às vezes me expulsar, limitaram-se a me observar de longe. Eu poderia abraçá-los por isso.

* * *

Depois de quase duas horas de análise e um breve lanche, as compras começam. Ela me empurra para uma loja de *coroa* e me convence a gastar cento e cinquenta reais em uma calça jeans preta e mais duzentos em duas blusas polo listradas, uma cinza e uma verde, sua cor preferida e a cor dos seus olhos.

A sensação de comprar roupa nova é libertadora. Eu me sinto melhor, mais digno. Quando as vestir, serei livre dos olhares. Da maior parte deles, ao menos.

Não é difícil empurrar para longe o peso de gastar o dinheiro de dona Aura. Lá para onde eu guardo a autocensura e minha hipocrisia.

Sim, eu era contra o consumismo quando eu não consumia. Nem me lembro da última vez que tive roupas novas. Agora que posso entrar na piscina capitalista, vou aproveitar.

Darla não fica inteiramente satisfeita com as minhas roupas novas. Promete para mim que vou cair para trás quando eu vir a conta do terno. Isso me deixa nervoso. Nervoso de um jeito bom.

* * *

Seguimos para uma loja de departamento. Ela me pede para escolher um tênis. Eu escolho um tênis colorido de corrida que está na promoção. Ela reprova.

Na segunda tentativa, ela desiste. Dá três opções para eu escolher. Escolho um de couro marrom e tiras laterais amareladas que ela me sinalizou com o certo.

Ela insiste que eu tenho que provar o tênis. Para ver se fica direito. Se não vai dar calo.

Não tenho coragem de tirar o meu sapato. Nem lembro a última vez que lavei o meu único par de meias sem furos. Até ontem, não parecia uma coisa importante para se fazer.

Ela ouve a minha explicação espantada e me obriga a comprar um par de meias e, para garantir, um pacote de cuecas.

A conta fica em duzentos e cinquenta reais. Vinte e cinco só em cuecas.

Eu pago com dó. O dinheiro está acabando em uma velocidade absurda. O dinheiro do aluguel eu já gastei. Se continuar assim, vou ser um mendigo bem vestido, sem Fusca, nem dinheiro para comida.

— *Relax*, jovem — diz Darla, vendo a minha angústia. — A partir de agora, não vai mais ter miserinha na sua vida. É só a gente pegar o meu cartão e *pá*: riqueza.

Sem opção, eu concordo e seguimos para um salão chique masculino.

Nem tenho tempo de sentar. Saio assim que ouço a primeira piadinha sobre o meu cabelo de mendigo. Saio do shopping também. Ando dez minutos para achar um desses barbeiros baratos e fedidos, onde o cabeleireiro odeia tanto os seus clientes quanto a sua profissão. Onde ficar em silêncio não é uma opção, é um dever.

Quero raspar o cabelo. Mas é Darla quem dá as instruções. Eu repasso para o barbeiro.

Mantém o black, mas diminui o tamanho em cima e raspa nos lados. Que nem antigamente.

Ele pergunta o que fazer com a minha barba. Olho para Darla, esperando.

Pode raspar.

Olho com atenção ele passar a máquina na minha cabeça. Daqui, vou sair novo. Melhor. Vivo. Pensando no que vou gastar o dinheiro que sobrou.

Capítulo 36

— Nossa! Você tá muito, mas muito, *mas muito*, melhor assim! — diz Darla da calçada.

Ela saiu assim que ditou o que o infeliz do barbeiro deveria fazer. Se pudesse, limparia as mãos com álcool em gel. Ela é uma dessas pessoas que levava um tubinho dentro da bolsa para casos de nojinho.

— Até que essa espelunca fez um bom trabalho. Se não fosse essa tua cara feia, nem suas roupas de mendigo, ou esses dentes amarelos, ou esse corpo de frango, você estaria bem decente!

— Esse é o seu melhor elogio?

Ela sorri e muda de assunto.

— Quanta grana sobrou?

— Cem e uns quebrados.

— Droga. Essa mixaria não vai dar pro hotel.

— Dá para umas duas semanas no que eu moro.

— Aquele lixão não é um hotel — Não sei o que tirou seu bom humor. Deve ter pensado em como morreu. — Esquece, a gente não vai voltar para lá. Por um acaso você tem algum crédito nesse seu celular?

— Você sabe que não.

— Então coloca umas cinquenta pratas nele.

— Cinquenta é muito.

— Só coloca, tá?

— Tá bom...

— E dá um jeito de tomar banho na pia do banheiro do shopping para colocar as roupas novas.

— Pode deixar. Eu uso o de deficiente.

— Tá. Compra um sabonete e arranca toda essa imundice — Ela corre o indicador de cima a baixo. Fala com o tom da mãe de um filho sujo de lama. — Enquanto isso, vou pensar no que falar pra lerda da Pâmela saber que eu tô aqui com você.

* * *

Saio do banheiro sob a crítica silenciosa de duas senhoras. Mas os olhares questionam apenas a minha opção de cabine. Não o perigo que eu "represento". Faz tempo que não me sinto tão digno.

Seguro a emoção para fingir arrependimento. Enrugo a cara massageando a barriga. Uma delas fica emburrada como a avó de Darla. Mas a outra me favorece com dentes gentis.

Como é maravilhoso ser alvo de empatia. Num mundo desses, minha vida seria fácil. Não necessariamente feliz, mas fácil. Magnificamente fácil.

* * *

— Agora sim! — Darla diz quando me vê, mas sem me olhar direito. — Mais duas coisas: compra um desodorante para não estragar todo o meu trabalho. E joga essa sacola de roupa velha no lixo.

Abro a boca para protestar. Mas se eu abri mão do meu Fusca para ajudá-la, não serão esses trapos velhos que me farão voltar atrás.

— E aí, já sabe o que vai falar para a sua melhor amiga?

— Ex-melhor-amiga! E não. Não tenho a menor ideia. Ela nunca vai acreditar...

— Você tem o telefone dela?

— Lógico. É o único número que eu sei de cor.

— Bom, eu deixo no viva voz e improviso.

— Vê se não estraga o meu plano.

Não tenho ideia do que falar. Não conheço a menina, nem gosto de falar com adolescentes. Mas deixo a confiança comprada em roupas nos tranquilizar.

— Pode deixar.

Capítulo 37

— Pâmela?

— Sou eu. Quem tá falando?

— Oi. Meu nome é Miguel. Eu sou um amigo da Darla.

— Ai, meu Deus. Você não ficou sabendo? — diz com uma preocupação que me convence. — Ela... ela...

— Olha essa *falsiane* — resmunga Darla.

— Ela faleceu, eu sei. Um acontecimento terrível...

— Terrível mesmo. A pior coisa que podia ter acontecido na minha vida. Eu ainda tô abalada, muito abalada. — De súbito, sua voz ganha força. — Pera aí. Se você já sabe, eu não tô entendendo...

— Pâmela, eu sou um amigo da família. Eu preciso conversar com você sobre a Darla.

— Sobre o quê?

— Sobre o evento da morte dela.

— Eu... eu... eu não sei se você sabe, mas a gente tava brigada no dia que... — Ela desmorona em soluços.

— Eu sei, Pâmela. Eu sei de tudo o que aconteceu.

Ela recupera a compostura em uma respirada.

— Se você sabe, por que quer conversar comigo?

— Ela deixou uma mensagem comigo. Uma mensagem para você. De quando ela decidiu... você sabe...

— Miguel, seu babaca! Por que você está insinuando que eu me matei? — reclama Darla — E eu não vou deixar mensagem nenhuma para essa traíra!

— Sério? — diz Pâmela animada. — Você não brincaria com uma coisa dessas, né? Porque se estiver zoando com a minha cara, eu juro que nunca vou te perdoar!

— Dá para ver por que vocês são amigas — sussurro para Darla.

— Cala a boca e responde — ela rosna de volta.

— Lógico que não — digo para Pâmela. — Se for possível, eu gostaria de te entregar ainda hoje.

— Hoje? Tá... Tudo bem. Mas eu não te conheço. Tem que ser num lugar com gente.

— Onde? — sussurro para Darla.

— No shopping perto da casa dela. Na cafeteria que a gente ia.

— Me encontra no shopping center perto da sua casa. Na cafeteria.

— Como você sabe onde eu moro?

— A Darla me contou.

— Darla nunca daria o meu endereço pra um estranho.

— Verdade... — diz Darla.

— Ela não me falou o seu endereço. Só disse que era perto do shopping.

— Ah, tá... — diz desconfiada.

— Fala do cartão — lembra Darla.

— Mais uma coisa. Ela deixou um cartão de crédito com você. Eu preciso devolver para o pai dela.

— Claro, claro. Eu já ia devolver mesmo. Eu nem usei ele.

— Loroteira. Ela deve ter comprado o shopping todo, três vezes.

— Lógico, eu imagino. Nos encontramos às três, então?

— Tá. Mas como eu vou te achar?

— Não se preocupe. Eu te encontro.

Capítulo 38

Eu já tive amigos.

Não muitos.

Alguns.

Mas todos morreram.

Todos os caminhos na minha vida levam à morte.

* * *

Catarina foi a primeira. O mais puro azar. Ela estava brincando no banheiro e escorregou no chão molhado. Acabou batendo com a cabeça numa quina saliente da parede. A falta de sorte foi que ela desmaiou em cima da banheira. Cabeça e torso para dentro, o resto para fora. Quando a sua mãe arrombou a porta, ela já estava morta.

Na época em que a minha mãe me contou o que aconteceu, eu já era adolescente. Nunca mais entrei numa banheira. Passei uma semana sujo e apanhando para aprender que superstições não existem. O meu cheiro fez a minha mãe deixar para lá.

* * *

Amanda foi a única menina que gostou de mim.

Acho que ela viu as minhas costas e ficou com pena. E quis cuidar de mim. Nunca liguei para isso. O que contava era toda a atenção que eu ganhava.

E toda a proteção que ela me dava. Ela era grande, maior que os garotos que gostavam de me bater.

Era um sonho ter a sua companhia.

Até que ela morreu.

Sua alma continuou me acompanhando. Mas, sem a sua escolta, nossa amizade foi se deteriorando.

Eu disse que ela devia me abandonar e ir para o céu. Ela não gostou. Passou a me dar sustos. E apanhei muito de cinto por conta dela.

Um dia eu a xinguei muito. Ela desapareceu. Até hoje eu acho que ela está presa no Umbral.

* * *

Jairo e Robson morreram juntos, num acidente de carro. Voltando de uma festa que a minha mãe não me deixou ir. Eu tinha conseguido escapar de casa, mas fui encontrado pelo meu irmão. Eu ainda tinha quinze anos, então ele arrancou a chave do Fusca da minha mãe e catou o cinto.

Passei os seis meses seguintes trancado no meu quarto. Podia ir ao banheiro duas vezes por dia. Nem à escola eu podia ir. Vigiado. No entanto, não fiquei sozinho. Os meus amigos me fizeram companhia. Foram os primeiros espíritos que eu pude ajudar.

* * *

Meu último amigo foi Helinho, meu companheiro de clínica. Louco de pedra, mas tinha um bom coração. Babava, mais do que falava. Chorava mais do que babava.

Ele sabia que eu não era louco como os outros. Mesmo eu estando tonto de tanto remédio que me davam, ele compreendeu que não tinha nada de errado com a minha cabeça. Antes de eu conhecer dona Aura, foi ele quem me deu forças e não deixou que me transformassem no louco que todos achavam que eu era.

Mas ele sofria demais. Me contou que fez coisas horríveis quando era mais novo. Coisas que ele não conseguia apagar da cabeça e que pioraram com os tratamentos de choque que recebeu na juventude.

Ele queria morrer. Queria ir logo para o inferno. E foi.

Assim que ele conseguiu remédios suficientes, se suicidou.

Me deixou sozinho. Entupido com a culpa de ter juntado metade das pílulas.

* * *

Depois de Helinho, eu jurei que não deixaria ninguém mais se aproximar de mim.

Me mantive distante. Alerta. Fugi dos vivos. Vivi entre os mortos.

Eu não sou chegado em crendices, mas não dá para negar que a morte caça os que me rodeiam. Ela fica esperando o menor sinal de fraqueza minha, de carinho ou zelo, e desconta nas pessoas que importam para mim.

Nunca descobri por que o Universo me quer sozinho.

Se a morte fosse uma pessoa, acharia que tem ciúmes de mim. Ou, pelo contrário, que está se vingando de algo que fiz em uma outra vida.

Talvez exista algum propósito especial. Uma maldição. Carma. O demônio do azar preso ao meu corpo.

Sem saber a razão, sobra o medo de que essa maldição atinja também os amigos dos amigos. Que atinja também a amiga de Darla.

Capítulo 39

— Oi, Pâmela.

Falo com a garota loira e esmirrada de olhos vermelhos e olheiras escuras mal disfarçadas por uma camada pesada de maquiagem. Lembra um canário doente, sem muitas esperanças de sobreviver. Será que os pais dessa criança não estão vendo o estado lamentável dela?

Darla nem se levanta quando a amiga chega. Apontou para a menina que, agora, observa sem muito interesse. É desdém demais para ser autêntico.

— Miguel, é você?

— Eu mesmo — digo oferecendo a mão. Ela me cumprimenta com a mão mole.

— Pela sua voz, eu pensei que você fosse mais...

— Mais o quê?

— Novo.

— Ah... Não, infelizmente, já passei dos trinta.

— Foi mal. Não quis ofender.

— Viu como ela é? — comenta Darla. — Ela tá te pisando de sacanagem. Só porque tá desconfiada.

Então, esse canário sonso está só se fingindo de morto, no final das contas. Bom saber.

— Esquece. Não me ofendeu. Eu tenho a idade que eu tenho. Não me importo com isso.

Ela concorda timidamente. Sem conseguir disfarçar o desconforto por estar aqui. Comigo. Para falar da amiga morta suicida.

— E então, onde está?

— Onde está o quê?

— A carta que Darla deixou para mim?

— Carta? Que carta? Ela não deixou carta nenhuma para você — digo rispidamente para testá-la.

— Mas você me disse que ela tinha deixado uma carta...

Sua decepção é tanta que partiria o meu coração. Partiria se ela não fosse uma adolescente. Todo esse drama adolescente parou de me atingir há muito tempo.

— Eu disse uma mensagem. Foi isso que ela deixou. Uma pergunta, na verdade — digo para os seus olhos confusos. — Ela me pediu para te perguntar por que você ficou com o Ricardo.

— Eu não te pedi bosta nenhuma! — reclama Darla, levantando-se.

— Eu não tô entendendo... Isso é alguma brincadeira?

— Não.

— Mas... mas... de que adianta eu responder? O que você vai fazer com a minha resposta?

— Isso não é um problema seu.

— É sim! Por acaso você pode falar com ela? Quer dizer... agora... ainda?

— Do que você está falando, garota?

— De falar com o espírito de Darla. — Ela olha para os lados e sussurra. — Tia Sônia falou pra minha mãe de um cara que apareceu no cemitério e disse que podia falar com a Darla. É você, não é? Minha mãe não acredita nessas coisas. E eu também não acreditava. Eu nem sei mais...

— Falar com ela? Deixa de besteira, menina.

— Eu tô falando sério! — esperneia. — Você tá mentindo para mim! Era você! Era você no enterro. Eu me lembro de você agarrado no caixão. Você tá menos esquisito agora, mas é você. Eu me lembro.

Parece que essa cena infeliz não vai ser esquecida tão cedo. Fico feliz por não existir um hábito de filmar enterros.

— Talvez...

— Eu sabia que era você! Darla não ia conhecer uma pessoa ferrad... — Se a intenção de Darla era me apresentar para uma criatura mais insuportável do que ela, para que eu não ache que ela é o pior ser deste plano, o ardil foi um sucesso — simples. Nem da sua idade. Sem ofensa.

— Olha, eu não sou tão velho assim! Eu ainda não tenho nem quarenta.

— E ela nem tinha quinze.

— Dá para ver por que vocês eram amigas. São iguais — resmungo.

— Pra mim, isso é um elogio.

— Só se for pra você — grunhe Darla. — Não vejo a hora dessa cretina sumir da minha frente. Essa *falsiane* sangra a minha alma! Manda ela me devolver o cartão e vazar daqui.

— Para, Darla — deixo escapulir.

— Ela tá aqui! Eu sabia, eu sabia! — pula e gira e grita até que seguro suas mãos e a puxo para a cadeira.

— Dá para ser um pouco mais discreta?

— Desculpa — balbucia. — Eu posso falar com ela, posso? Não. É melhor você falar. Diz que eu tô muito arrependida. Muito mesmo. Ela nem imagina. Se eu pudesse voltar no tempo, eu voltava. Juro que voltava. Sem pensar duas vezes. Diz pra ela, por favor, diz?

— Ela está te ouvindo — garanto.

— Tá? Ela tá aqui? Ela tá aqui!

— Calma, Pâmela. Ela pode te ouvir. E pode falar por intermédio de mim.

— Onde que ela tá?

Eu aponto para uma cadeira do meu lado. Pâmela se ajoelha na frente da cadeira vazia com as mãos unidas, como numa oração.

Darla fica na cadeira do lado. Forçando uma gargalhada que só afetaria a amiga que não pode vê-la.

— Miga, me perdoa! Por favor, me perdoa! Eu sei que eu fiz bostinha, mas você precisa me perdoar!

— Manda èssa vaca ir comer a bostinha que ela fez, Miguel.

— Foi só uma vez, miga! Eu me arrependi na hora. Eu nem queria. Ele que insistiu. Insistiu tanto que eu aceitei e fiz besteira. Você sabe que eu sou cabeça fraca. Eu nem queria. Eu juro. Eu não vou conseguir viver se tu não me perdoar!

— Morre, então, Pam! Fala isso para ela, Miguel! Fala agora!

Pâmela me encara esperando uma resposta da amiga. Darla me encara esperando que eu faça a menina chorar.

— Miguel, eu preciso saber se ela me perdoa!

— Miguel, pega o cartão e vamos embora!

Hoje, eu acordei animado achando que o dia seria tranquilo. Compras, comida, conseguir o cartão, ir para um hotel bom, dormir em um colchão macio com lençóis limpos. Um novo cartão para a coleção. Quem sabe até dirigir um carro novo. Quando o dia degringolou a tal ponto que me tornei o mediador em uma briga entre duas adolescentes?

— Calem a boca! As duas!

Capítulo 40

— Pâmela, Darla ainda não te perdoou. Mas, com o tempo, ela vai te perdoar. Acredite em mim.

— Não vou, não! — resmunga Darla.

— Mas o que eu faço enquanto isso? Amiga, você precisa me perdoar!

— Pâmela, você precisa ter paciência. Darla ainda está digerindo toda essa mudança. É tudo muito recente. Leva um tempo para as mágoas passarem. Mas eu te prometo que ela vai te perdoar.

— Ah é, promete? — alfineta Darla. — E eu te prometo que eu nunca vou esquecer o que essa vaca fez comigo.

— Você tem certeza que ela me perdoa, Miguel?

— Absoluta.

— O que eu posso fazer pra melhorar as paradas entre a gente?

— Primeiro, me diz por que você acha que Darla se... suicidou?

— Foi por minha causa, não foi? Eu sei que foi! Era essa a mensagem dela? Ai, meu Deus. Era isso que você veio me dizer. Pode me falar, eu aguento. Não! Não me fala não, eu não aguento. Eu juro que não aguento.

— Então, você sabia que a Darla estava pensando em se matar?

— Não! De jeito nenhum! Ela nunca me falou nada disso. Eu nunca imaginaria. Ela era uma pessoa muito alto astral, uma diva. Foi um choque quando a minha mãe me contou. Eu não acreditei. Achei que era algum mal-entendido. Mas a polícia...

— O que tem a polícia?

— Ela disse que foi suicídio, que tinha certeza disso.

— E você, concorda?

— Eu? Quem sou eu para discordar? A polícia é quem sabe dessas coisas.

— Dispensa logo essa inútil! Eu tô de saco cheio de ouvir essa sonsa. — Ela se vira para a amiga e grita. — Sonsa! Você é muito sonsa!

— Pâmela, você é a melhor amiga de Darla. A pessoa que mais conhecia ela. Mais do que os próprios pais dela. Era para você que ela contava segredos. Você tem que saber alguma coisa.

— Eu sei que ela tava muito triste. Darla batia de frente com a mãe toda hora. Toda. Hora. Mesmo. E depois do que eu fiz com ela... — Pâmela para, olha para a direção de Darla como se a visse. — Não. Mesmo assim, eu nunca pensei que isso podia acontecer. Mas por que você tá perguntando isso para mim? Se ela tá aqui, ela vai saber mais do que eu.

— Ela não se lembra do momento em que desencarnou. Isso é bem normal. Pode demorar um pouco para ela se lembrar. Eu estou tentando poupar o nosso tempo.

— Ah, tá.

— Então, você acha que não era a cara dela fazer algo tão extremo? — digo mais para Darla do que para sua amiga.

— Não. Ela podia até estar na *bad*, mas além de não fazer sentido, ela ainda se mato... fez aquilo na quinta. Logo no dia da pré-estreia de *NPB*.

— *NPB*?

— *Nossos Primeiros Beijos*, o filme que a gente esperou tanto tempo pra ver.

— Filme?

— É! A gente tinha comprado os ingressos mês passado. É o filme dos livros que a gente leu juntas. Literalmente juntas! Todos os três livros. Íamos ver nós duas. Só nós duas. Eu disse isso para polícia. Achei que era importante. Eles disseram que deve ter sido esse o gatilho pra ela ter desistido da vida. Para não enfrentar os problemas, sabe? Mas ela não é de se esconder dos problemas. Não era, pelo menos.

— Não era e não sou, sua falsa! Eu devia ter destruído a cara dessa sonsa enquanto podia! Pede logo o cartão, Miguel. *Essazinha* tá só enrolando pra gente esquecer o cartão.

— Você acha que alguma outra coisa pode ter causado a morte dela? — pergunto.

— O quê? Tipo alguém matando ela?

— Não. Quis dizer, um acidente.

— Eu não sei. A mãe dela que achou... o corpo. Talvez tenha visto alguma coisa esquisita. Mas, se achou, não contou para mim, nem para minha mãe.

— Pode ser... E você sabe de alguma carta de despedida?

— Não. Eu pensei que era isso que você ia me dar...

— Dessa vez, não. Eu vou procurar. Se eu achar qualquer coisa eu dou um jeito de te entregar, ok?

— Obrigada — ela segura a minha mão como se eu tivesse prometido salvar a sua família de um incêndio.

— Pâmela, eu agradeceria se você não comentasse essa conversa com ninguém.

— Tudo bem. Ninguém ia acreditar em mim mesmo. Mas você promete que vai fazer a Darla me perdoar?

— Essa criatura não cansa nunca.

— Lógico.

— Se eu puder te ajudar em alguma coisa — diz Pâmela — qualquer coisa, é só pedir.

— Por enquanto, só preciso devolver o cartão de Darla.

— Ah, tá... — Ela levanta, tira o cartão da bolsa e me entrega. Ele é um MasterCard todo preto, a não ser pelas letras douradas brilhantes em alto-relevo. Elegante e raro. Mas já tenho um desses.

— Diz para ela...

— Pode falar diretamente com ela — digo apontando para a cadeira ao lado, onde Darla realmente está, sem tirar o olho do meu novo cartão.

— Tá... Darla, eu soltei um cãozinho, antes. Eu falei que não comprei nada, mas eu usei pro nosso projeto.

— Quantos meses? — eu repito a pergunta de Darla.

— Acho dá pra uns seis meses. Depois, eu não sei o que fazer.

— Agradece a ela — diz Darla, contra sua vontade. — Fala que ela tem que arranjar um jeito de continuar sem mim.

Eu repito, desconfiado.

— Pode deixar — diz, já de costas.

— Pâmela — Ela se vira com gotas frescas correndo nas bochechas — uma última coisa. Reza pela alma de Darla.

Ela concorda e sai apressada.

Capítulo 41

— Que parada é essa de rezar pela minha alma? — questiona depois de uma eternidade de silêncio.

— Vai te ajudar, você vai ver.

— Boa sorte com isso. Pâmela não acredita em Deus.

— Quem sabe ela não começa a ter fé em alguma coisa agora?

— Ah, tá bom! Ela nunca acreditou em nada. Não vai ser agora que vai começar.

— Quem sabe? Ela já tá acreditando em espíritos...

O silêncio volta. Dura por longos passos. Paramos na frente de uma loja de ternos. Ela para e me encara sádica. Ela sabe como me atingir.

Tremo, das mãos aos joelhos. Suo, em mais lugares do que deveria. É como se estivesse prestes a roubar um banco. Não sei se o cartão avisa à loja que foi roubado. E se eles chamarem a polícia? Eu vou ser preso por causa de um terno.

Darla teve a ideia de comprar uma revista para confirmar que ele não foi cancelado. Agora, estou com uma revista de negócios na mão, suando e tremendo, mesmo depois de Darla ter assegurado que o cartão não tem limites.

— Posso te perguntar uma coisa? — digo, tentando não olhar para os preços da vitrine.

— Nem pensar. Você vai entrar nessa loja.

— Eu sei. Não é sobre isso.

— Então, pode.

— Que projeto era aquele que Pâmela falou?

— Ah, isso? A gente compra roupa da China para dar. *Outfit* barato e na moda, para quem precisa.

— Vocês fazem isso?

— A gente fazia. O dinheiro era meu, a pesquisa era nossa. Mais dela, na verdade. Ela escolhia e eu aprovava.

— Sério? Não imaginava...

— Ei! Não é porque eu tenho grana que eu não me importo com quem não tem. Eu não sou essa bruxa egoísta que você acha.

— Estou feliz em conhecer esse novo lado.

— Novo? Novo para você, mané. Agora para de enrolar e entra na droga da loja!

— Só mais uma coisa. Você está bem puta com a Pâmela. Você sente a mesma raiva pelo seu ex?

— Do Ricardo? Lógico que não.

— Por quê?

Ela vira para a vitrine e olha como se não enxergasse seu passado na sua frente.

— Eu era louca por ele. Tava apaixonada e tudo mais. Mas ele era só um *crush*. Não achava que ia casar com ele. A gente é muito novo, sabe? Ia acabar *flopando* alguma hora. — Ela se vira para mim, olhos duplamente sem vida. — Com a Pam é diferente. Ela era minha amiga de verdade. A única amiga que eu fiz desde o jardim de infância. A única coisa que eu sabia na vida é que nós duas estaríamos juntas. Pra sempre. É dela que eu sinto falta. Não dele.

— E por que você não perdoa logo a Pâmela? Ela errou feio, eu sei. Mas é óbvio que você ainda gosta dela.

— Lógico que sim. Eu amo aquela vaca. Mas não dá pra perdoar o que ela fez.

— É o que veremos.

— Miguel, cala a boca antes que eu comece a chorar, e entra na desgraça da loja que já tá tarde. Vai ser um crime você dormir debaixo de uma ponte com um terno top desses.

Capítulo 42

— Eu entendo as suas intenções, senhor...

— Miguel.

— Eu entendo a suas intenções, senhor Miguel. Mas eu receio que não vou poder te ajudar — diz o Cabo Gonçalves, o policial responsável pela investigação da morte de Darla.

O que eu tinha na cabeça quando concordei com essa idiotice de vir na delegacia pedir para ler a carta de despedida de Darla?

Eu sabia que a única resposta possível era um não. Sabia que o policial não escutaria o meu bom senso. Eles estão todos tão mergulhados nos seus regulamentos, tão dessensibilizados, que nem toda a angústia do mundo abre seus corações. Nem as falsas.

Eu avisei para ela que nenhuma história seria boa o suficiente.

Eu avisei e ela insistiu.

Ela insistiu e eu cedi.

Fui tão tolo quanto ela.

Mas ainda é tolice seguir pelo único caminho que resta?

Capítulo 43

Assim que saímos de mais um shopping, seguimos para um hotel que era usado com frequência por casais adolescentes que procuram privacidade. Uma indicação de Darla que jurou nunca o ter usado. Nem com seu ex-namorado. Ela o conhecia porque seus colegas mais velhos já tinham ido e comentado.

Explicações demais, gagueira demais, bochechas vermelhas demais, inocência de menos.

* * *

No conforto de um quarto todo branco e esplendidamente limpo, traçamos um rápido plano. Iríamos de táxi para a casa dos pais dela. Seria uma visita surpresa. Eu conversaria com a sua mãe, sem o seu pai por perto. Darla deu uma passada rápida na sua casa e garantiu que o pai estava dormindo bêbado.

Com a ajuda de Darla, sua mãe me ouviria dessa vez. Ela me contaria mais sobre o que aconteceu. Em minutos, finalmente saberíamos se ela achou uma carta junto ao corpo.

De quebra, descobriríamos as razões para a polícia estar tão certa de que foi um suicídio. E ainda o que ela chama de "chance da morte da filha ter sido um acidente infeliz".

Para o bem ou para o mal, sairíamos de lá com informações concretas. E teríamos ainda quatro dias para lidar com ela. Tempo suficiente para Darla digerir o remorso e seguir em frente.

Era um ótimo plano. Faltou combinar com aquela minha velha falta de sorte marota.

* * *

Nos quarenta minutos que separaram a formulação do plano com a chegada à casa de Darla, sua mãe tinha misturado algumas pílulas com whisky e estava dopada demais para ouvir a campainha.

Para piorar, o seu pai estava bêbado, mas tão acordado como o capeta no carnaval. Ele ouviu a campainha e veio correndo até o portão. Quando me viu pelo vidro, tentou escalar o portão prometendo que ia me espancar até a morte. Escorregou, caiu de costas no chão e mudou de ideia. Iria me matar a tiro.

Darla me contou que ele tinha uma pistola e garantiu que estava alterado o suficiente para atirar em mim.

Saímos fugidos. Entramos no primeiro táxi que apareceu, ofegantes e conscientes de que nossa melhor ideia era horrível.

— Parece que a gente devia ter ligado antes — disse Darla.

— Parece que sim.

Capítulo 44

De volta ao hotel, deitado na cama mais macia que já experimentei, vestindo um roupão branco limpinho, com a barriga cheia de comida boa, olhando para o teto por mais de dez minutos, crio coragem para sugerir que pedíssemos ajuda a Pâmela. A mãe dela poderia conversar com a mãe de Darla e conseguir as respostas que a gente tanto precisa.

— De jeito nenhum, Miguel!

— Mesmo se for a nossa única esperança?

— Não interessa! Eu não vou pedir ajuda pra aquelazinha!

— Darla, como a gente vai conseguir falar com a sua mãe, então?

— A gente também não precisa daquela imprestável!

— Será que você não consegue engolir esse orgulho nem que seja para se ajudar, menina?

— Eu não preciso engolir orgulho nenhum! Não preciso da ajuda de ninguém!

— Nem da minha ajuda?

Ela fecha a cara. Não gostou da piada.

Penso em pedir desculpas, mas o silêncio fica bom demais. Viro de bruços, fecho os olhos. Não vou deixar o humor de um defunto adolescente estragar esse lugar maravilhoso.

— As duas tontas nem iam conseguir ajudar — continua. — O que a gente precisa é saber o que eles descobriram na investigação da minha morte.

— Aham... E essa investigação seria a que a polícia fez, né?

— Não, seu ridículo, a gente vai ao circo e pergunta o que os palhaços sabem.

— Garota, não é porque eu quero te ajudar que eu vou fazer qualquer coisa que você quiser. O mundo não gira à sua volta, não!

— Nossa, como você é desagradável! Jesus! Precisa ser assim o tempo todo?

— É você quem está sendo agressiva.

— Cresce, Miguel!

— Ah, tá, você está me sacaneando! Eu não tinha percebido. Essa parada de ir à polícia era zoeira sua.

— Não! Eu tô te dando a real!

— E como a gente vai fazer isso? Vai entrar na delegacia e pedir o seu arquivo? Eu podia entrar e falar: Senhor delegado, será que o senhor não poderia ter a bondade de pegar esse arquivo sigiloso para mim? Eu juro que talvez, um dia, eu devolvo. Por quê? Imagine só, é o próprio defunto que está pedindo.

— Ai, Miguel. Você é meio burrinho, hein? Lógico que a gente não vai resolver nada com educação. A gente vai ter que resolver do único jeito que sempre dá certo.

— E qual é esse jeito?

— Mentindo.

— Olha, parabéns aos seus pais por terem te dado tanto caráter! Eu teria muito orgulho de ter uma filha como você.

— E quem ia ser a insana de ter um filho com você?

Abro a boca para xingá-la. Fecho a boca antes que as palavras saiam rasgadas.

Eu já ouvi tantos insultos tantas vezes que não acreditava que alguém ainda podia me atingir dessa forma. Mas Darla conseguiu achar um ponto fraco que nem eu mesmo sabia que existia.

Eu sonhava em ter os meus próprios filhos. Filhos que eu criaria com amor, com carinho. Com conversa e compreensão. Sem agressões. Sem violência.

Eu queria criar crianças maravilhosas que seriam adultos especiais. Os meus filhos iam jogar na cara da minha mãe que ela fez tudo errado comigo. E ela ia me pedir desculpas por tudo o que eu fiz. E eu ia perdoá-la.

Mas, em alguns anos, eu faço quarenta. Eu nunca tive uma namorada. Não tenho onde cair morto. Só tenho onde dormir hoje porque estou sendo sustentado por uma alma desencarnada. Não estou no melhor momento da minha vida e não sei como sair dessa fossa.

É, o meu tempo passou. Eu não terei os filhos que sonhei. E ainda que os tivesse, a minha mãe está morta. Não haverá redenção para mim.

Capítulo 45

— Para de ser dramático.

Continuo olhando para o teto. Imóvel, concentrado para não esvaziar as garrafinhas do frigobar.

— Desculpa, vai? Era brincadeirinha.

Se não fosse pela promessa que fiz a dona Aura, eu já estaria bêbado. Ela fez isso para o meu próprio bem, eu sei. Para me proteger de mim mesmo. Não posso desapontá-la.

— Tá bom — digo enterrando a solidão. — Voltando para o plano. Quer dizer que a sua solução para tudo é a mentira?

— Não pra tudo. Mas para de dar uma de Papa Francisco. Tu vai dizer, na minha cara, que não tu mente quando precisa?

— Desse jeito, não. Lógico que não. Mentir assim não é o normal.

— Então, *please*, me explica o que foi aquilo que você falou pra minha mãe no enterro.

— Eu fiz aquilo pela sua mãe, não por mim. E eu não teria que ter mentido se você fosse uma pessoa mais agradável.

— Se você é todo esse príncipe encantado, então, faz isso por mim. Pra que a minha alma possa encontrar a paz.

— De jeito nenhum. Eu não vou mentir para a polícia.

— Então tenta dizer a verdade! Chega pro delegado e dá a real: Olá, eu sou um médium e o espírito de Darla me pediu pra dar uma olhadinha na ficha dela. Pra quê? Pra saber como ela morreu. Sim, eu sei que vocês acham que ela se matou, mas eu acho que vocês fizeram um trabalho de bosta nessa investigação. O quê? Obrigado pela sinceridade? Nada, eu que agradeço.

— Chega, Darla. A gente vai pensar em outra coisa. Ainda temos bastante tempo.

— A gente tem tempo, é? Não, senhor! Você é o único que tem tempo aqui! Eu tenho três dias. Quatro, no máximo. Parece bastante pra você?

— Agora é você quem está sendo dramática. Quatro dias é tempo suficiente. Eu sei que é. Eu já vi ascensões acontecerem em poucas horas.

— Ah, tá. Então tu acha que investigar as paradas é fácil? Tu acha que a polícia demora porque fica enrolando, dando aquela valorizadinha básica? Bom, então deixa eu mandar o papo reto. Se eu não descobrir como eu morri nesses dias, eu não vou ascender. E, se eu não ascender, eu vou infernizar a tua vida até você morrer!

— E você fala que eu sou o desagradável, hein? Olha só o que você está fazendo. Está me ameaçando com convívio!

— Eu não tenho tempo para ser agradável com você.

— E você tinha tempo para ser agradável com os seus amigos e a sua família antes de morrer?

Ela me olha com espanto. Abre e fecha a boca em silêncio. Como um peixe tapado.

Eu devia lembrar que ela é uma menina mimada que não aceita um mísero *não* como resposta. Devia não me importar com a sua tristeza. Devia virar para o lado e dormir nessa cama incrível, forrada com um lençol que, definitivamente, eu vou levar comigo. De forma alguma eu devia sentir pena do seu rosto triste.

— Vamos fazer um acordo, então. Eu faço o que você está pedindo. A gente arranja uma mentira para convencer a polícia e descobrir o que aconteceu contigo.

— Tá. E o que você vai querer em troca?

— Você vai me prometer que vai controlar esse seu gênio de cão.

— Tá bom.

— Eu não terminei. Essa vai ser a sua última mentira. A partir de agora, você não fala nada a não ser a verdade.

— Tá bom.

— E tem mais uma coisa. Uma última exigência. Você vai tentar perdoar a sua amiga e a sua mãe.

— De jeito nenhum!

— Eu falei *tentar*. Eu quero que você tente. Só isso. Se não conseguir, tudo bem.

— Não dá. Ah! — grita. — Você não me entende.

— Eu não entendo e nem tenho que entender. Mas você precisa começar a perdoar as pessoas. Sem isso, não vai ascender. Essa é a prioridade. É mais importante do que saber os detalhes da sua morte.

— Não quero saber, eu não vou perdoar aquelas duas.

— É pegar ou largar.

— Então, vai se ferrar porque eu não tenho escolha nenhuma.

— Exatamente. Você promete?

— Prometo.

— Promete o quê?

— Prometo ser mais agradável, não mentir e *tentar* perdoar aquelas duas cretinas estúpidas.

— Começou mal. Mas até um passo na direção errada é um começo.

— Se você já tá todo felizinho, será que pode fazer o favor de escutar o meu grande plano?

— Pode falar.

— Você vai falar para eles que é um repórter e que tá fazendo uma reportagem sobre suicídio de adolescentes.

— E você acha que eles ajudam qualquer repórter que entre em uma delegacia?

— Cala a boca e escuta!

Capítulo 46

— Olha — eu digo para o policial —, eu sei que o senhor tem o seu regulamento. Todos nós temos. Mas, algumas vezes, nós precisamos olhar para o lado por alguns instantes para fazer a coisa certa, um bem maior.

— Senhor, eu não estou gostando das suas insinuações. Vou pedir que se retire.

— Eu compreendo. — Levanto. — Espero que o senhor possa perdoar a minha insistência.

— Fala da filha dele — diz Darla.

— Eu posso te perguntar se o senhor é próximo da sua filha?

Aponto para o porta-retratos com uma foto do policial com uma menina de uns dez, onze anos.

— Você saberia dizer o que ela tem passado no colégio? Quais são as amizades dela?

— Lógico que sim. Eu sou o pai dela.

— O senhor poderia me garantir que ela não chora escondida no banheiro da escola? Consegue me afirmar, com 100% de certeza, que ela não esconde nada do senhor? Talvez, ela tenha problemas com os amiguinhos? Ou algum dos seus coleguinhas está sendo cruel com ela? E se ela achar que não tem o direito de encher o pai com os seus pequenos apuros, seus problemas de criança? Afinal, o pai trabalha demais. Tem um emprego estressante. O pai que não consegue dormir direito pensando que, se alguma coisa der errado, sua filhinha vai crescer sem um pai.

— Ela está bem! — Ele se levanta e bate as mãos na mesa. A delegacia se cala. Todos olhando para ele. Ele se acalma e continua.

— Eu sei que ela está bem! — Se seu surto o contradiz, a ausência da mãe da menina na foto revela ainda mais.

Eu me sento novamente.

— Olha. Eu sei que estou te pedindo demais. Mas o que eu quero é ajudar os pais que têm filhos adolescentes a entender os perigos da depressão. O que eu quero é me servir da terrível morte de Darla para prevenir outras tragédias.

— Eu entendo. Até simpatizo com a sua causa. Mas eu não posso te ajudar.

— E se eu dissesse ao senhor que conversei com os pais da Darla e eles consentiram com a ajuda da polícia na minha matéria?

— Não vai adiantar. Se você não tiver uma autorização por escrito deles, eu não posso fazer nada.

— Uma autorização? — indago apoiando as mãos nas coxas para que ele não as veja tremer.

— Sim.

— Eu tenho.

Entrego um papel com as duas assinaturas que ele quer.

Capítulo 47

— Você está maluca, Darla, eu não vou falsificar a assinatura dos seus pais.

— Eu te ajudo. A assinatura da minha mãe é moleza e a do meu pai é tão bizarra e aleatória que ninguém tem coragem de dizer que não confere.

— Eu não vou fazer isso. Mentir é uma coisa. Mas falsificar assinatura é um crime sério!

— Deixa de ser frouxo. Eu já fiz isso várias vezes. O macete é não tirar a caneta do papel.

— E você já foi pega?

— Só na primeira vez. Depois eu dediquei uma vida a essa arte. Nem o meu pai, nem a minha mãe conseguem ver a diferença. Eu já testei.

— E como você acha que eu vou conseguir essa façanha até amanhã de manhã?

— Não vai. Mas um filme antigo me deu uma ideia. Se eles pesquisaram direitinho, tá resolvido.

— Um filme?

— Isso. Relaxa o corpo. Esses filmes de Hollywood sempre contratam especialistas para deixar as coisas mais reais.

— Sempre?

— Na maioria das vezes. Duas vezes. Nenhuma vez. Sei lá. Agora, para de se mexer.

— O que eu faço?

— Só fica parado. E tenta não pensar em nada esquisito.

Ela aproxima sua mão da minha mão. Os pelos dos meus braços arrepiam. Ela encosta em mim, como se o meu corpo fosse sólido para ela.

Sua alma é gelada. Mas o resto do meu corpo fica quente, rígido. Meus ossos estalam, meus músculos doem.

— Você tá me travando, Miguel...

— Difícil ficar tranquilo. Você está tentando me possuir.

— Me deixa entrar!

Fecho os olhos.

Meus pensamentos vão até a minha mãe. Eu ainda era bem pequeno. Antes do meu pai nos abandonar. Nessa época, ela me abraçava. Dizia toda hora que me amava. E que estaria do meu lado para sempre. Para sempre.

Então, não dá para respirar. Sinto que estou afogando. Não em água. Em saudades. Em arrependimentos. Em culpa. Em solidão.

Minha mão esquerda formiga e queima, como se corresse gelo pelas minhas veias.

Abro os olhos. A mão de Darla e seu antebraço desapareceram dentro de mim.

Agonia sobe pela garganta. Espremo os olhos para não continuar olhando.

— O que você está fazendo?

— Resolvendo o nosso problema.

Não sinto a minha mão, mas percebo o movimento pelo resto do meu braço. Então, Darla larga a minha mão.

O alívio é tão violento que perco brevemente o controle do meu corpo e mijo um pouco na minha cueca nova.

— Nunca mais faça isso!

— Acho que não vou precisar.

Ela aponta orgulhosa para um papel todo em branco a não ser pelas duas assinaturas.

Ela conseguiu.

Capítulo 48

— A gente conseguiu! — comemora Darla quando vê o policial trazendo uma pequena pasta cinza com o seu nome.

— Olha — diz Cabo Gonçalves —, eu nem podia estar fazendo isso. Só pedi a autorização porque achei que você nunca ia conseguir uma. Mesmo assim, nunca te daria acesso ao arquivo. Mas você de alguma forma pegou no meu calcanhar de Aquiles. Eu estou tendo uns pesadelos horrorosos com a minha filha desde que eu peguei esse caso...

— De nada — diz Darla.

— Bom, os meus problemas de sono não te interessam. Você tem quinze minutos para dar uma olhada no caso. Depois, vá embora. Não está autorizado a tirar fotos. Nem colocar o meu nome na sua reportagem. Não me peça mais nada. Não diga para ninguém que eu te dei acesso a essa pasta. Você nunca esteve aqui.

— Eu te agradeço.

— E se alguém te achar e perguntar o que você está fazendo aqui — sussurra —, se vira. Nem pensar em falar meu nome.

— Pode deixar.

Ele nos leva até uma sala vazia. Abre a porta e sai.

— Abre logo! — Diz Darla.

— Você tem certeza? A gente ainda pode ir embora.

— Ai, cala a boca, Miguel! — Ela sorri. — Não precisa se preocupar comigo. Eu sei que eu não me matei.

Eu abro. O primeiro documento é o relatório da autópsia. Morte por afogamento. Sem marcas de agressão. O corpo foi achado em uma banheira.

Minha respiração embola. Meu coração foge do ritmo. Banheiras de novo? Meu Deus, como eu odeio essas fábricas de morte.

A página seguinte é o depoimento dos pais dela. Anos de ameaças de suicídio, algumas registradas em mensagens.

Olho para Darla, temeroso.

— Ah, para! Isso é só draminha. A minha mãe mesma sempre disse. Todo mundo que eu conheço faz isso.

— Darla...

— Vai logo!

Viro a página. Meu coração gela. É a carta de Darla.

Se pudesse fazer um pedido para Deus, só um, eu abandonaria o meu sonho de ter uma nova chance com a minha mãe. Se eu tivesse apenas um desejo mágico, eu faria essa carta desaparecer.

— Que carta é essa?

— É a sua.

— Não! Tu não tá entendendo! Eu não escrevi isso.

— Darla. Você mesma disse o que essa carta significa.

— Essa coisa é falsa, Miguel! Eu não escrevi isso!

— Darla, eu estou do seu lado. Eu estou aqui para te ajudar. Para mim, não importa como você morreu. Para você, não deveria importar também.

— Importa sim! Eu não me matei! — Lágrimas atormentadas escorrem pelos lados do queixo, lágrimas que não molham o chão. — Diz que você acredita em mim, Miguel! Diz!

Eu fico em silêncio, procurando pelas palavras adequadas.

— Miguel... pra que eu ia mentir para você?

— Eu sei, mas...

— Você não entende. Eu prometi de coração que eu não ia mais mentir. Você tem que acreditar em mim!

— Você pode ter esquecido. É normal se esquecer. Você sabe disso. O que não dá é para ignorar essa carta.

— Eu sei que eu não me matei. Eu sei disso! Você tem que acreditar em mim!

— Darla...

— É isso, então. Você não acredita em mim. Não dá pra acreditar que nem você acredita em mim! Nem você!

— Eu não disse isso...

— Então era verdade... Você é só a bosta de um marginal que tá me usando para ganhar dinheiro. Eu te odeio, Miguel! Eu não preciso da sua ajuda. Nunca mais quero te ver! Nunca mais!

Antes que eu possa falar qualquer coisa, ela desaparece. Sem portas pretas e vermelhas, sem mãos brilhantes, ou subidas lentas. Sem efeitos especiais. Apenas desaparece.

Sem saber o que fazer, dobro a carta e a guardo no bolso, devagar. Evoco a calma pela lentidão dos movimentos. Finjo que não é minha a boca seca, o coração parado, o pulmão naufragado. Ignoro a alma pesada, fujo da dor da perda. E torço para que o meu terno de cinco mil reais possa fazer a bruxaria de desviar os olhares suspeitos e me tirar dessa delegacia.

PARTE II — DESESPERO

E tudo num refrão atormentado:
memória, raciocínio, descalabro…
Há também a janela da amplidão;

e depois da janela esse esperado
postigo, esse último portão que eu abro
para a fuga completa da razão.

JORGE DE LIMA, Solilóquio sem fim e rio revolto,

Capítulo 49

Já não consigo viver com tanta culpa e tanta dor.
Não queria aumentar o sofrimento de vocês,
Porém não dá mais. Eu não aguento mais.

Eu já tentei de tudo, mas não existe outra opção para mim.
Não sou feliz nessa vida. Eu preciso ir, me libertar.
Quem sabe a próxima vida não seja melhor, não é?

Eu queria ser forte como você, papai.
Ou confiante como você, mamãe.
Mas não sou.

Não se sintam culpados.
A culpa é minha e de mais ninguém.
Espero que algum dia me perdoem.
Quem sabe nos encontramos no céu?

P.S. A roupa do enterro está em cima da cama.

Darla Alves Abranches

Capítulo 50

Minha amiga Amanda foi a primeira alma que desapareceu na minha frente. Bem na minha frente. Do nada.

Aconteceu quando eu li para ela que as almas podiam ficar perdidas no plano terrestre, sem poder seguir adiante para a próxima vida. Ela falou que isso não era problema. Ficaria do meu lado para sempre. Esperaria e iríamos juntos para o céu. Eu pedi para ela seguir o seu caminho. No futuro, nos encontraríamos outra vez. E ia ser tudo como antes. Faz parte do ciclo da vida.

Ela insistiu. Eu insisti. Ela acabou confundindo a minha preocupação com a ânsia de não tê-la sempre por perto.

Sem falar, sem reclamar ou expressar qualquer reação, desapareceu.

Fiquei dias preocupado com ela. Não sabia se ela estava em perigo. Se tinha ido para o inferno. Ou para o céu.

Naquele tempo eu ainda acreditava que o céu e o inferno eram outros planos, desprendidos da vida na Terra.

Pesquisei em revistas e livros. Visitei centros espíritas. Queria informação. Queria saber se ela estava bem.

Me disseram que as almas têm um prazo para ir ao próximo plano. Esse prazo varia de pessoa para pessoa. Mas pode ser alguns dias. Às vezes chega às semanas. Raras vezes, meses. Depois desse prazo, eles ainda podem ascender, mas fica bem difícil.

Ela já estava morta havia três semanas. A cada dia minha esperança diminuía. Não teria a minha amiga de volta.

De tão preocupado, perguntei à minha irmã o que fazer para ajudar Amanda para ir para o céu.

Reza.

Eu rezei. Pedi a Deus que guiasse a sua alma de volta e pedi também para que a guiasse para o céu.

Rezei tão fervorosamente que acreditei que ela já estava num plano superior. Feliz. Em paz.

Não estava.

Reapareceu semanas depois. Na minha casa. Inconsolável.

Não me contou o que aconteceu enquanto esteve fora. Nem respondeu às minhas perguntas.

Ela voltou diferente. Sem a sua alegria. Sem a sua paixão. Sem a sua devoção.

Pelo contrário. Estava com raiva de mim. Acho que passou a me enxergar como uma âncora neste mundo. E queria me punir por isso.

Fazia tudo para me tirar do sério perto do meu irmão e da minha mãe. Gritava comigo. Me dava sustos. A cada susto, uma dezena de cintadas.

Aguentei por alguns dias. Até que eu me irritei com ela. Já esperando o corretivo do meu irmão, falei, gritei. Xinguei Amanda de tudo que passou pela minha cabeça. Ela gritou, chorou e desapareceu uma última vez.

Me alterei tanto, que a minha mãe resolveu me bater pessoalmente. Quando ela chegou, eu já estava chorando.

Ela me chamou de maricas e trocou o cinto por galho de goiabeira para me exorcizar. Ela chorou também. Estava desconsolada achando que um filho seu guardava mais um demônio no corpo. Me bateu, até o meu irmão se apiedar e tirar a vara da sua mão.

As marcas daquele dia estão vivas comigo até hoje, dos ombros às pernas. Mas não derramei uma única lágrima de dor. Todas foram de arrependimento, de remorso. Eu empurrei a minha amiga para o inferno. Nunca me perdoei por isso.

Capítulo 51

Toda a autoconfiança inventada desmorona quando chego à porta. Acelero como se precisasse chegar ao banheiro. Aqueles últimos cinco passos para poder mijar. Pouca dignidade e muito desespero.

Em uma última olhada para trás, piso em falso no primeiro degrau da escada. Esbarro em alguém. Caímos juntos nos cinco degraus da entrada da delegacia. A pessoa de costas. Eu por cima.

Levanto a cabeça devagar, temendo um policial. Graças a Deus, não é. É uma senhora sem sorte que entrou na minha frente, na hora errada.

Ela me empurra, sem força, para que eu saia de cima dela. Meu joelho está pressionando a sua canela, meu cotovelo na sua barriga, a fazendo ganir.

Levanto prontamente, ileso, amortecido pelo torso da velha. Ofereço a minha mão para levantá-la. Não aceita. Ela se levanta com dificuldade e orgulho.

Peço desculpas. Ela aceita irritada, se forçando a dizer que não foi culpa minha. Era ela quem estava distraída.

É quando a reconheço. Primeiro, pela voz. Então, pelo rosto. Ela me reconhece ao mesmo tempo e dá um passo para trás, antes de dar dois para frente.

— O que você está fazendo aqui? — pergunta a avó de Darla.

Não, essa mulher não pode ser a avó de Darla. A avó de Darla está morta, presa no Umbral tentando puxar a neta para apodrecer com ela.

Sem dúvidas, essa velha está viva. Eu esbarrei nela. Usei o seu corpo como escudo na queda.

Tocar, mover um pequeno objeto é uma coisa. Ter o controle para, no susto, materializar o seu corpo inteiro no plano físico, é impossível. Não existe alma tão evoluída neste plano.

Quem é essa mulher então, então? A outra avó de Darla?

Ela pergunta o meu propósito de estar ali, de novo. Segurando o meu braço, dessa vez.

Não respondo. Puxo o braço. Saio apressado. Ela quase volta ao chão. Definitivamente, não gosto de nenhuma das avós de Darla.

Capítulo 52

Dona Aura me espera do lado de fora da delegacia. Apoiada no meu Fusca. Ela aponta para a porta de carona. Eu entro. Não sou maluco de desobedecê-la. Nem quero dar bobeira com aquela velha por perto.

— Dona Au...

— Silêncio! Nem uma palavra.

Nós seguimos calados. Ela dirige pela orla, indo e voltando sem destino.

Passo meia hora tentando entender como a minha professora descobriu que Darla desapareceu outra vez. E mais meia hora tentando me acalmar, tentando acreditar que Darla está bem. Que ela ascendeu e está feliz, rindo da minha preocupação.

Mas eu sei que ela não está bem. A minha professora não estaria aqui se estivesse tudo bem.

O carro para. Olho para o mar em busca de respostas. Não acho nenhuma.

— Miguel, você está fazendo tudo errado. Eu já te disse mil vezes para não se envolver. Seu trabalho é guiar a alma de Darla pelo caminho do perdão. Só isso. O resto é com ela. Você é o professor, ela é a aluna. A responsabilidade de passar de ano sempre vai ser dela. Você não tem que carregar ela nas costas.

O que ela não enxerga é que existe mais de um tipo de professor. Não só o mestre que injeta conhecimento nos alunos enjaulados. Se eu vou ser um professor, quero ser como tia Adriana, que se preocupou comigo. Ou como a própria dona Aura, que mudou a minha vida. Quero fazer a diferença para as almas que me confiaram.

Quero que elas ascendam, que sejam felizes. Todas elas. Eu me sinto responsável por elas.

Mas não tem dado certo com Darla.

— Eu estou tentando, mas ela não me escuta!

— E a culpa é de quem? Do médium experiente ou da adolescente traumatizada?

— Desculpa. Eu acabei acreditando que ela precisava de respostas para ascender.

— Eu não tinha dúvida que era isso que você estava pensando... Mas você está errado. A resposta só vai prejudicar a caminhada de Darla.

— É, eu percebi. Ela já sabe o que aconteceu. Ela desapareceu assim que soube.

— Não, Miguel. Nem ela, nem você, sabem o que realmente aconteceu. E nem devem saber. É assim que deve ser. Ninguém esquece da sua morte sem um motivo.

— Não, dona Aura. Nós conseguimos a carta de suicídio dela com a polícia — digo mostrando o papel.

— Ótimo, você está fazendo besteira em todos os planos! O que você tinha na cabeça roubando provas da polícia? — Ela segura o meu braço. Assim que toca a manga do terno, ajeita os óculos. — Gastou todo aquele dinheiro que eu te dei comprando roupa?

— Na verdade...

— Ah, não. Dá para ver que é coisa de qualidade. Onde você conseguiu dinheiro para comprar um terno desses?

— Não é o que você está pensando.

— É exatamente o que eu estou pensando! Aquela cabeça oca arranjou um jeito de te comprar, de te levar para o lado dela.

— Não é isso. Eu precisei dessa roupa para ir à delegacia.

— Esquece, Miguel. Eu não quero ouvir. — Ela liga o carro e sai da vaga cantando pneu. — Só você para me irritar de frente para o mar — resmunga enquanto costura carros e tirando finos de ônibus que vêm na mão contrária.

Eu quero reclamar que ela está maltratando o motor, avisar que ele é frágil. Fico em silêncio. O carro agora é dela. Pelo menos, até que eu pague a minha dívida.

Ela para. Se debruça sobre mim e abre a minha porta.

Eu saio e fecho a porta.

Ela abaixa o vidro da janela.

— Eu te aconselharia a esquecer essa alma. Mas você nunca me escuta.

— Que isso, dona Aura? Eu sempre...

— Não me ligue para te tirar da prisão — diz e arranca com o carro.

Capítulo 53

Olho para o portão da casa de Darla sem entender por que dona Aura me deixou aqui.

Encosto o dedo na campainha duas vezes. Tiro o dedo como se eu tivesse levado um choque.

Aperto, de verdade, na terceira vez. Eu confio na minha professora. Ela sabe de alguma coisa que não pode me contar.

Mas o que eu quero mesmo é ir embora para o meu hotelzinho fodido.

Mentira. Não aguento mais aquele lugar. Depois que se prova o que é realmente bom, não dá para voltar atrás.

Eu queria ir para o hotel que Darla está pagando. Tudo limpo. Tudo novo. Tudo tranquilo.

Falta a cara de pau de aproveitar o melhor da vida enquanto ela está sofrendo.

* * *

Na quarta tentativa o portão é aberto sem que ninguém pergunte qualquer coisa pelo interfone. Bem quando eu já estava imaginando a avó de Darla me vigiando da esquina. Entro rápido, mas, no segundo passo, estou cauteloso, olhando para os lados, temendo um ataque do pai de Darla.

O jardim é enorme e bem tratado. Tem canteiros de rosas, margaridas, e mais outras cinco, seis flores que não conheço. Além das orquídeas presas às árvores.

Atravesso pelo caminho de pedras postas sobre o gramado, ignorando o *dèjá vu*. Admirando a mansão. Parece um castelo. Ou um templo. Não sei. Tem duas colunas gregas de uns cinco metros de altura, talvez mais. E vidros por todos os lados. São seis vidraças quase da altura das pilastras. Todas fechadas com cortinas enormes, incrivelmente brancas, contrastando com as molduras azuis, e estas com as paredes brancas.

Se a mansão é imponente, não é bonita. É um arranjo de coisas caras que não combinam. Apenas uma demonstração de poder. Não uma celebração arquitetônica.

A porta, com seus três metros de altura, é dupla e de alumínio branco. Eu trabalhei por uns meses entregando materiais de construção. Uma vez, eu entreguei uma porta parecida com essa e vi a nota. Custam uma fortuna, um absurdo.

Uma banda dela está aberta.

Eu entro.

Dona Sônia está sentada no sofá. Tem uma xícara na mão e mexe seu café bem devagar. Não olha para mim. Está em transe com o movimento da colher.

Não ouço nenhum som vindo de dentro da casa. Não há sinais do seu marido, nem de suas ameaças. Eu consigo relaxar. Um pouco.

— Dá licença, dona Sônia — digo baixo, com medo de assustá-la.

Ela não responde. Não mexe uma célula, além da mão que gira a colher.

— Dona Sônia?

Ela levanta a cabeça devagar. Seus olhos estão distantes. Até o piscar é lento.

A mãe de Darla continua abusando dos remédios. Se continuar assim, vou acabar ganhando mais uma cliente nessa família. Tenho que avisar Darla. Ela precisa pensar em alguma coisa. Antes que seja tarde demais.

— Você é o rapaz do cemitério, certo? Você tentou derrubar o caixão da minha filha.

— Eu fui empurrado... Mas sou eu, sim. Meu nome é Miguel.

— Quase não te reconheci com um costume desses. *Royal Blue*. Muito bem cortado. Lã fria. Provavelmente, Super 180. Nada de poliéster, nada de brilho. Modelo do ano passado, mas uma ótima escolha. Além da marca...

— Ah, obrigado.

— Não foi um elogio. Eu me lembro do terno que você estava usando. Quem tinha aquilo não conseguiria escolher um desses. Quem te ajudou a comprar esse terno?

— Ninguém. — Ela mantém o olhar em branco, esperando. — Quer dizer, a vendedora.

— Você foi ao cemitério com um terno grande demais nos ombros e pequeno demais na barriga. Fora as manchas de mofo e as marcas de ferro. E o fedor.

Suas palavras saem sem emoção. Mas meticulosamente apontadas para me ferir. Conseguem.

— Aqueles trapos eram uma roupa sua. Eram a roupa de um miserável. De um vigarista. Você não merece um terno desses. Como você conseguiu comprar um terno desses?

— Eu vendi o meu carro. E fui numa loja boa.

— Aquela coisa? Não daria para comprar as calças que você está vestindo. Mal daria para um cinto dessa grife.

Zombar da minha roupa, tudo bem. Me xingar, passa dos limites. Mas menosprezar o Fusca que era da minha mãe? Não. É demais. Ela não tem o direito.

— Aquela era a melhor roupa que eu tinha. E aquele era o melhor carro que eu podia pagar. Lamento se isso faz tanta diferença para vocês.

— Lógico que faz. — Seu sorriso abre devagar. — Faz muita diferença. Não poderia ser diferente, não é? É uma das prerrogativas da minha profissão.

Sem entender se é uma piada para ela ou para mim, fico em silêncio.

— Você não sabe? Eu sou estilista e dona da loja que você comprou esse costume — explica. — Parece que você não consegue falar com a minha filha, no final das contas.

— Eu consigo, sim! — digo mais agressivo do que deveria. — Só que a Darla não me falou a sua profissão. Ela não me contou nada sobre a senhora.

Assim que falo, me arrependo. Intratável ou não, ela é uma mãe enlutada.

— Aquela mensagem era uma farsa, então — diz voltando a atenção para o girar da colher. — Você admite ser o trapaceiro que o Carlos falou. Eu sou estúpida mesmo.

— Aquilo foi um erro. Eu não quis...

— O que você veio fazer aqui, rapaz? Será que você não consegue respeitar a nossa dor? Você acha que está sendo fácil para mim e para o Carlos?

— Desculpe... Eu quero ajudar. É a única coisa que eu vim fazer aqui.

— Fale logo o que quer comigo e vai embora.

— Eu não sei.

— Não sabe? Você estava tão interessado naquele dia. Depois teve a audácia de bater na minha porta tarde da noite. Finalmente quando pode conversar comigo, não tem o que falar? Bom, eu não quero mais saber. Saia da minha casa.

— Não é assim tão fácil de explicar.

— Eu não sei se eu quero te ouvir. Naquele dia eu acreditei em você. Eu estava desesperada por mais um minuto com a minha filha. A cada instante que passa, fica mais claro que você não pode me dar nada. Fica mais claro que você é um canalha que vive de explorar famílias em luto.

— Eu não exploro ninguém — minto para ela e minto para mim.

Ela, dissimulada e lenta, soube como ninguém procurar as minhas guardas baixas. Sim, faz parte da minha profissão explorar as famílias das almas que me pedem ajuda. Enganar por um punhado de dinheiro, por uma esmola. Quanto mais dignidade eu finjo, mais me falta.

— Se eu pudesse escolher, eu nem estaria aqui — divago. — As coisas foram acontecendo. Eu não escolhi essa vida para mim.

— Não é verdade. A gente sempre acaba escolhendo os nossos problemas. O que não consigo entender é como uma pessoa como você conseguiu escolher e pagar um terno desses sem a ajuda de... — a voz dela morre.

Capítulo 54

— Sem a ajuda de Darla, não é? Pronto. Agora, você entendeu. Sim, foi com a ajuda dela. Sim, foi ela que escolheu a loja. Eu não sei escolher roupa nenhuma. Muito menos terno. Você mesma disse isso. Eu nem sabia que você tinha uma loja.

— Eu... eu...

— Darla escolheu esse terno para mim e você sabe disso. — Não sei por que eu aponto o dedo para ela. — Ela me disse que sem uma roupa dessas vocês não iam me ouvir.

— Você consegue falar com a minha filha? Você realmente consegue falar com a minha Darla? — A colher cai no chão. Sua calma dopada finalmente se rompe.

— Sim.

— Ela está aqui? — Olha para os lados. — Filha? Darla, meu docinho, é a mamãe. Tem tanta coisa que eu queria falar com você... tanta coisa que eu devia ter dito antes. Desculpa a mamãe, docinho. Eu devia ter notado. Eu devia estar mais perto. Desculpa a mamãe.

— Ela não está aqui. Não nesse momento.

— Não? Onde ela está então?

— Eu não sei.

— Como assim não sabe?

— Ela desapareceu hoje cedo.

— O que você fez com a minha filha, seu maníaco?

— Eu não fiz nada. Eu nem posso fazer nada com ela. Só posso ver e falar com ela. A gente estava conversando e ela sumiu de repente.

Ela coloca a xícara ainda intocada na mesa de centro. O tremor das mãos derrama boa parte do café no pires e, então, no tapete branco felpudo. Ela não se importa. Nem olha para baixo. Me encara. Esbugalhada.

— Bom, deixa eu explicar melhor para a senhora. Darla estava cismada que não tinha se matado. Ela insistiu tanto que eu decidi investigar. Por isso eu vim aqui ontem. Eu queria te perguntar se ela deixou alguma carta de despedida.

— Ela deixou.

— Eu sei. Eu descobri hoje. Nós fomos à delegacia e conseguimos ver a carta. Depois que Darla leu, sumiu.

— E você não sabe onde ela foi parar?

— Não...

— Droga! Você devia ser o especialista dessas coisas!

— Nunca aconteceu antes — minto.

Ela leva as mãos até a cabeça e pressiona as têmporas com os dedões. Tão forte que os dentes trancam num sorriso de dor.

— Está tudo bem, dona Sônia?

Ela não responde. Nem quando repito a pergunta. Nem na terceira vez. Eu me levanto para ir embora, sem saber mais o que fazer.

— Ela ainda está chateada comigo? — Ela para de apertar a cabeça.

Eu quero mentir. Negar. Falar que é Darla quem pede perdão. Ela percebe.

— Pode falar a verdade.

— Sim, ela está. Ela disse que não vai te perdoar.

Olho com pena para essa mãe que segura o choro à unha. Não a conheço para saber se ela merece ou não os sentimentos da filha. Mas eu sei, por experiência própria, que uma mãe e um filho nunca deixam de se amar. Mesmo que a relação não seja das melhores.

— Você pode me contar o que aconteceu entre vocês duas?

— Eu não quero falar sobre isso.

— É importante. Quando ela voltar, eu preciso que ela te perdoe. Só assim ela vai poder seguir o caminho dela.

— Se é para o bem da minha Darla... — diz se servindo de café em uma nova xícara. — Bem, já há algum tempo a nossa relação ficou ruim. A gente brigava quase todos os dias. Piorou quando eu a coloquei de castigo. As notas dela, que eram ótimas, vinham caindo, e a proibi de sair.

Ela se serve de dois cubos de açúcar. Pega a colher no tapete e volta a girar a colher.

— Minha filha ficou mais de um mês sem sair. Ia para o colégio, para o curso de inglês, para o curso de alemão, para a ginástica e voltava para casa. Na ausência de Darla, aquela amiga de araque dela se engraçou com o Ricardo. Ela me culpou por tudo. Gritava comigo. Aí, eu não tive cabeça para aguentar as suas reclamações. Ai, se eu soubesse... — A sua boca desgrenha nos farrapos de um sorriso. — Mas eu não dei a atenção que o meu docinho precisava. Eu fiz pior. Eu gritava de volta. Estava estressada com o trabalho. Darla foi ficando cada vez mais fechada, mais triste. Aí, a minha filha desistiu...

Ela se entrega aos soluços sem parar de girar a colher. Coloco a minha mão no ombro dela.

— A culpa não foi sua. Nem da Pâmela.

— Nós dois sabemos que isso não é verdade.

— Darla fez uma escolha, dona Sônia. Ela decidiu fugir em vez de enfrentar os problemas. Mas não dá para ignorar os problemas para sempre. Chegou a hora de ela encarar todos de uma vez.

— Tem alguma coisa que eu posso fazer pela minha filha? Qualquer coisa.

— Reze. Reze muito pela alma de Darla. E reze para Darla te perdoar.

Ouvimos um barulho de dois metais se batendo. Ela olha para o relógio e se levanta de pronto, derrubando outra xícara no tapete.

— Você precisa ir embora. Carlos está chegando. Ele não vai gostar de te ver aqui.

Ouço a chave entrando na maçaneta.

Droga, ele já chegou! Preciso ir embora. Imediatamente.

A porta da frente abre.

Corro para a cozinha.

Uma casa desse tamanho tem que ter outra saída.

E tem.

Está trancada.

Ouço passos.

Atrás de mim.

Perto.

Se aproximando.

Não tenho para onde ir.

Não tenho mais tempo.

Ele chega à cozinha.

— Me diz o que esse filho da puta está fazendo na minha casa, Sônia?

Fodeu.

Capítulo 55

— Seu Carlos, eu vim aqui para falar com o senhor.

Ele avança. Olhar violento. Punhos fechados.

Minha coragem murcha. Não acordei com sorte hoje.

— Carlos, você precisa ouvir o que ele tem para dizer — A esposa tenta.

— Sai da minha frente, Sônia.

Ela sai. A minha última linha de defesa foi derrotada.

— Você tem dez segundos para me explicar o que você está fazendo aqui.

— Dez segun... bem... eu vim aqui... é sobre a Darla...

Ele não espera nem cinco.

O tapa é forte e me derruba.

Acerta o lado do rosto.

Dói tanto quanto o outro lado do rosto que aterrissa no chão.

— Carlos, para!

— Nunca. Mais. Fala. O nome. Da minha. Filha!

Ele me puxa pela gravata.

Zonzo, levanto para não ser enforcado. Meu lábio está sangrando. Minha cabeça, latejando. Se eu nasci para briga, foi para apanhar.

Ele me reboca para fora da sua casa.

Eu tropeço.

Ele não para. Puxa ainda com mais força. O ar para de passar.

Tropeço de novo. Dessa vez caio de lado no chão.

A gravata escapa da sua mão. Ele rosna.

Estou na metade do caminho até o portão.

Arranco a gravata. Esgaço os botões. Folgo o colarinho.

Sento para respirar. Esperando uma brecha para fugir.

Ele lê a minha mente. Não gosta. Será que acha um abuso que eu ainda possa respirar?

Carlos me levanta pelo cabelo.

Caio na besteira de chiar.

Ele me dá um tapa na cara.

— Cala a boca, animal! Sem chilique!

Gosta e me dá outro. E um terceiro e um sexto.

— Sai da minha casa, seu saco de merda!

Seguro o choro.

Não os gemidos de misericórdia. Nem os de dor.

— Me deixa ir embora — imploro.

Ele me empurra. Caio na grama.

Ele me deixa lá. Entra em casa.

Engatinho na direção do portão.

Metro por metro vou vencendo o inferno.

No caminho, penso na minha mãe.

Não procurando por proteção.

Na direção oposta.

Ela estaria ajudando o ignorante.

Ela e seu cinto.

Quando o meu irmão terminava de me machucar, ela segurava o meu queixo, olhando nos meus olhos, e dizia que eu merecia.

* * *

Atravesso o portão com o alívio de quem venceu a maratona. Acabou. O pior ficou para trás.

Levanto. Forço os passos. Quero ir embora.

Ele não gosta. Acha que me vê recomposto.

Atravessa o portão. Arma na mão. Passos pesados e lentos. Resolução de um carrasco. Ele vai me matar. Eu sei.

Pisa na minha mão esquerda. Até estalar.

Eu grito e ele coloca a arma dentro da minha boca.

— Se eu te ver outra vez, arranco o seu pinto e depois te mato.

Humilhado, concordo com ele.

Tomara que Darla não esteja assistindo.

Capítulo 56

Levanto com a ajuda do segurança da rua.

Por um momento, acho que ele vai me ajudar. Não. Ele me enxota, me empurra. E me ameaça. E me joga na esquina. Onde não pode me ver de sua guarita.

Vai embora depois de me dar um tapa de alerta. Se eu não for embora, ele vai ligar para o seu primo que trabalha na polícia. E esse primo não é um bom policial.

Ando, apoiado no muro, até que um idoso que passeia com o cachorro se aproxima.

Pergunta o que aconteceu.

Não respondo.

Quer saber se eu estou bem.

Minto.

— Está tudo bem. Não foi nada de mais. Estou acostumado.

Sigo andando. Não quero que ele me veja chorando.

Ele quer me levar ao hospital. Ou à polícia.

— Não, obrigado. Já disse que estou bem. Tenho um lugar melhor para ir.

Ele insiste.

Eu insisto.

Ainda assim, deixo ele me colocar num táxi.

Sem achar um recibo de cartão, anota o seu telefone numa nota de dois reais.

Pede para eu ligar se precisar de alguma coisa. Qualquer coisa.

Não rasgo na frente dele porque é dinheiro.
Eu preciso de dinheiro.
Guardo no bolso.
Eu nunca vou ligar.
Eu não preciso da ajuda de ninguém.

Capítulo 57

Meu canino direito está frouxo. Minha cara, ralada. A boca, toda estourada. A mão esquerda está muito inchada. Não dá para fechar. A cabeça lateja de todos os lados. Principalmente quando mexo a mão. Dói sempre que respiro.

Nada de insuportável. Nada para ficar preocupado.

O triste é olhar para a roupa mais cara que eu tive em toda a minha vida. Está rasgada, esgarçada, botões faltando, suja de grama e terra e sangue. Arruinada. Logo a roupa que Darla me deu.

Tiro o paletó e a gravata. Com alguma sorte, eles não vão parecer tão acabados depois de uma lavada.

A camisa só perdeu um botão. Um outro caiu no bolso. Está apenas suja. Combina bem com a calça.

Merda. Faz anos que ninguém me bate tanto assim. A última vez foi no meu aniversário de trinta anos. E foi a última surra, porque minha mãe morreu pouco tempo depois.

Hoje, poderia ser pior.

Eu estaria morto se aquele bandido desgraçado se descontrolasse um pouco mais e apertasse o gatilho.

Ou se ele não parasse de me bater.

Que bom que a minha mãe não tinha um revólver. Duvido que eu chegaria aos quinze.

Peço para o taxista ir para alguma praia. Qualquer uma. Quero andar sem rumo. Pensar na vida.

Fora que não tenho para onde ir. E estou perto da orla.

Ficar no hotel que Darla está pagando é errado. Não ouvir sua voz irritante reclamando que eu estou me aproveitando do dinheiro dela é ainda mais errado.

Eu devia ter usado o dinheiro do Fusca para pagar o meu aluguel. Espero que o senhorio tenha sido humano o suficiente e não tenha jogado as minhas coisas fora. Tem coisas ali que ele nunca entenderia o valor. Tem os meus arquivos no computador. O resto das minhas roupas. E a minha coleção de cartões de crédito.

Nem posso ir para a casa de dona Aura. A última coisa que ela quer é ver a minha cara machucada. Ela é idosa. Não merece passar por esse tipo de decepção.

É isso que eu não entendo. Foi ela quem me deixou no portão daqueles babacas. Por quê? Qual era a intenção dela? Será que ela já achava que isso podia acontecer e me largou lá para me fazer entender que morar na casa dela é minha melhor opção?

* * *

Esse nem é o meu maior problema. Se eu não der um jeito nessa situação, e rápido, além de não ter para onde ir, Darla vai se perder de vez.

Não sei o que fazer. Ela desapareceu. Eu não tenho mais ideias.

E eu gastei todo o meu dinheiro nesse plano estúpido dela. A culpa é minha. Eu devia ter insistido mais para aquela cabeça oca ascender logo. Não se brinca com esse tipo de coisa.

E eu fiz pior. Deixei uma adolescente me convencer de que sabia do que estava falando. Eu acreditei que uma alma inexperiente sabia mais sobre a sua ascensão do que eu. Como pude?

Minha mãe estava certa. Eu só faço merda. Por isso mesmo, eu desisto. Vou terminar a noite fazendo mais merda.

Vou gastar o resto do pouco dinheiro que restou.

Foda-se, vou beber tudo o que conseguir.

E vai ser na porra de um puteiro.

Capítulo 58

Empurro a culpa goela abaixo em *shots* de cachaça.

Tenho a esperança de afogá-la.

Ela bate no estômago e volta.

Cada vez mais forte.

A garrafa já está pela metade.

É cada vez mais provável que perderei mais essa disputa.

* * *

As prostitutas pararam de me dar atenção no momento que descobriram que gastei todo o meu dinheiro com a minha bebida. Eu mesmo contei.

Algumas pediram um gole. Não dei. Outras ofereceram me pagar com serviços. Também não.

Essa garrafa é para afogar a minha culpa, não a delas.

* * *

Ambiente triste. Paredes sujas. Música feita para arrastar os bêbados para a fossa. Mulheres gastas demais para seduzir um sóbrio qualquer. Mais ainda com os biquínis brilhantes esgarçados que usam.

Por isso que eu vim para cá. Para lembrar que não sou o único desafortunado no mundo. Para testemunhar que todo mundo é desprezível de alguma forma. Todo mundo. É só observar perto o bastante.

É o tipo de lugar que pode me trazer paz.

Foi como me convenci a passar pela porta.

Assim que tomo o primeiro gole sentado, entendo a extensão da farsa.

Cada segundo nesse lugar acorda culpas antigas, choros presos, gemidos engolidos, dores sangrantes.

Eu sou um lixo.

Patético, como minha mãe falava.

Fraco, como meu irmão gritava.

Um trapaceiro, como a família de Darla não me deixa esquecer.

* * *

O contentamento em ser tão desprezível é estar de coração aberto para a vingança. Se o orgulho abatido impede uma pessoa de revidar diretamente, sobram outras formas de um covarde poder agir.

Peço duas garrafas do whisky mais caro do bar. Um doze anos, o outro um quinze. As garrafas ficavam nas prateleiras altas. Mais decoração do que estoque.

O barman faz a bondade de tirar a poeira das garrafas antes de me entregar, e uma verdadeira filantropia quando aceita o lindo cartão de crédito com o nome de uma mulher velha.

— É de mamãe — pisco.

Fico com a garrafa de doze anos.

Ofereço a melhor às putas mais feias.

Nada mais sublime que fazer caridade com o dinheiro dos outros.

A festa finalmente começa.

As putas vibram.

Me idolatram.

Espero que o pai de Darla fique igualmente feliz ao pagar essa conta.

Melhor, só se ele pudesse assistir.

* * *

— Quer dizer que você está nessa... nessa espelunca, sambando na minha cara, em vez de me ajudar? Eu achei que você não ia desistir de mim.

Levanto a minha cabeça da mesa, esperançoso. Mas Darla não está na minha frente. Não está em nenhum lugar.

* * *

As luzes estão acesas.

O lugar é ainda mais decadente quando se pode ver os detalhes. Tinta descascada. Cantos escurecidos. Reboco caindo. Infiltração comendo o teto.

Ao menos as garotas se foram. Eu não gostaria de ver seus detalhes.

A minha garrafa se foi também.

Toco os bolsos da calça.

O celular, a carteira e a carta de Darla ainda estão lá. Mas não encontro a gravata que coloquei no bolso do paletó. Nem o próprio paletó.

— Já são seis da manhã — diz uma mulher bonita demais e muito bem vestida para ser uma prostituta deste pardieiro. — Está na hora de ir para casa.

— Me dá um minuto...

Abaixo a cabeça.

— Não, amorzinho. Você precisa ajudar a menina.

— Que menina?

— Você sabe, Miguel. — Como eu não respondo, ela completa. — Darla. Você precisa ajudar a Darla. Antes que seja tarde para ela.

— Como você sabe o nome dela?

— Seu bobinho! Só tem uma maneira...

— Você está morta — sussurro.

— Lógico, gênio. Eu morri e fiquei presa aqui. Não quero que Darla fique presa também. Muito menos que se perca no Umbral.

— E você trabalhava aqui?

— Não fala assim, amorzinho! Na minha época, esse lugar não era assim — diz olhando com nojo para os lados. — Era todo luxo. Garotas top, bebida top, música top. Eu fazia um bico algumas vezes por semana para pagar o mestrado.

— E por que você ficou aqui? Por que não ascendeu?

— Um cliente gostava de umas paradas barra pesada. Eu aceitava porque a grana era boa. Duas horas com ele valiam por uma semana. Mas ele perdeu a linha comigo. Me enforcou com o cinto, até que morri.

— Claro. Você quer se vingar do animal.

— *Aham.* O dono da época abafou o caso e pagou a polícia para dizer que era overdose. Mas o lugar nunca foi o mesmo e ele acabou vendendo a boate.

— Você sabe que nunca mais vai achar o cara, né?

— Eu não posso desistir. Meu pai era muito religioso. Ele definhou quando descobriu que criou uma prostituta drogada. Acabou morrendo. Eu devo isso a ele.

— Você não deve nada a ninguém. A alma é sua... Qual o seu nome mesmo?

— Gisele. Escuta, eu sei que você tem razão. Mas eu não posso desistir ainda.

— Não, Gisele. Você tem que desistir agora. Não tem sentido prolongar o seu sofrimento. Você precisa ascender.

— Quem sabe você não me ajuda um outro dia, amorzinho? Quando estiver mais disposto, com mais energia. Agora o que você precisa é cuidar dessa ressaca e ajudar a Darla — diz e desaparece.

— Espera!

— Com quem você tá falando, maluco? — diz o segurança. — Não tem mais ninguém aqui.

Eu levanto e a bebida bate. Fico tonto. Quase caio. Ele me segura.

— Você não vai vomitar aqui, não! Senão eu vou fazer você limpar a porra toda!

— Eu estou bem.

— Lógico que está.

Ele me empurra até a porta e me joga para fora.

Cambaleando, seguro no poste para não cair no meio da rua. Viro e empurro o poste para chegar perto da parede. No meio do caminho, caio de joelhos.

Sento no chão. Derrotado. Estou enjoado e doído demais para levantar e ir para o hotel de Darla.

Mas eu tento. Eu preciso de cinco coisas para poder ajudá-la: vomitar toda a bebida, tomar um banho gelado, comer uma comida gordurosa, tomar um analgésico e um café. Depois disso, estarei novo.

Apoio uma mão no chão. A outra na parede. Levanto.

O mundo gira e me joga no chão.

Pago pela minha ousadia com vômito. Muito vômito.

É o que eu precisava para começar a ficar melhor.

Capítulo 59

O banho é demorado. Preciso parar algumas vezes para vomitar. Na última, não dá tempo de abrir a porta. Vomito no box.

Não é difícil escolher uma roupa. Visto a calça jeans e a camiseta verde que comprei com o dinheiro do Fusca. Com o meu dinheiro. Não vou mais usar roupas que não são minhas. Nada que o dinheiro do pai de Darla comprou.

Se as próximas duas diárias já não estivessem pagas, nem estaria aqui. Fico porque desperdiçar o dinheiro não ajudaria ninguém. Seria burrice.

* * *

Depois de dois copos grandes de café, um isotônico, uma taça de sorvete e dois comprimidos, ligo para Pâmela.

Se nem a mãe de Darla reparou que a filha era uma suicida em potencial, a última opção é sua melhor amiga. Minha torcida é que ela tenha mentido para mim. Escondido alguma coisa que possa ajudar.

* * *

Marcamos no mesmo shopping, na mesma cafeteria. Ela já está lá quando eu chego.

— O que aconteceu de tão importante pra você me chamar numa hora desses? Eu tava no meio da aula. Eu não gosto de matar aula.

Mesmo escondida na careta de irritação e sob uma maquiagem mais sutil, ela está em frangalhos. Suas olheiras me prendem. A pena é inevitável.

Gostaria de poder ajudá-la. Mas me dou ao luxo de poupá-la desse tipo de conversa.

— Minha nossa, o que aconteceu com a sua cara? Você tá bem?

— Esquece isso. Não é importante — digo. — Olha, eu não sei como falar da melhor forma, então vou falar da mais rápida. Darla e eu achamos a carta de suicídio dela, ela leu e desapareceu.

— Como assim desapareceu? Não é tu que tá bêbado e não consegue ver ela, não?

— Não. Infelizmente, não existe estar bêbado o suficiente para eu parar de ver espíritos. Eu já tentei. Darla realmente desapareceu.

Antes que ela responda, eu aponto para o garçom que vem trazendo o mesmo chá gelado que ela tomou da última vez, um cappuccino para mim e duas fatias de bolo de cenoura com cobertura de chocolate. Um último agrado de seu Carlos. Pelos meus bons serviços.

Esperamos em silêncio até que estejamos sozinhos novamente.

— Você sabe o que aconteceu com ela? — ela sussurra.

— Não exatamente. Mas isso não é importante. O que interessa é que ela tem que voltar logo. Senão ela pode ficar presa no limbo para sempre.

— Limbo? O que é isso? Meu Deus, é uma coisa ruim, não é? Se você me chamou aqui eu posso ajudar. O que eu tenho que fazer?

— Eu não sei... A minha professora dizia que rezar é a melhor coisa que a gente pode fazer nessas horas. Até hoje de manhã, eu pensava que era uma superstição. Mas as minhas ideias acabaram.

— Rezar? É que eu sou...

— Ateia. Eu sei. Mas só sobrou essa opção. A não ser que você tenha outra sugestão. — Seguro suas mãos geladas. — Você faria isso por Darla?

Capítulo 60

Tomo minha terceira xícara de café enquanto Pâmela tenta achar seu caminho para a fé.

Uma perda de tempo. Para mim. Para ela. Para Darla. Uma crendice de dona Aura, afinal.

— Você tá com a carta? Posso ler?

— Se você me prometer que vai ficar bem, pode.

— Eu aguento.

Entrego a carta. A mão dela treme antes mesmo de encostar no papel. Mas ela se mantém corajosamente em silêncio enquanto lê.

— Onde você conseguiu isso aqui?

— Com a polícia.

— Essa carta não devia ser uma prova? A polícia não ia te entregar uma prova na molezinha?

— Não exatamente. Eu peguei emprestado.

— Tô morta! Você roubou da polícia, seu louco?

— Shhhh! — digo. — Sim. Quer dizer. Mais ou menos.

— Aposto que isso é coisa de Darla, não é? — diz orgulhosa.

— Foi ideia dela, sim.

— Meu Deus, eu fiz uma parada bizarra mesmo. Ela era a pessoa mais corajosa que eu conheci. Uma vez, eu tava em recuperação e ela roubou a prova de matemática da sala dos professores pra me ajudar. Não adiantou droga nenhuma porque o professor desconfiou e fez outra prova. Mas ela fez isso por mim.

Ela abaixa a cabeça. A franja esconde seus olhos. Vejo que ela está chorando quando a mesa fica molhada.

— Ô, Pâmela. Não fica assim.

— Eu queria estar morta. Traí a minha melhor amiga, Miguel. Ela é a pessoa que eu mais amo no mundo. Droga, eu matei ela por dentro. Ela nunca faria uma coisa dessas se estivesse bem comigo. Ah, Darla, me desculpa! — diz olhando para cima.

Um zumbido irritante estoura na minha cabeça. Primeiro acho que é mais uma pontada de dor de cabeça. Não é.

— Pâmela — digo —, não sei se eu acredito que você está realmente arrependida. Eu aposto que se você tivesse outra oportunidade, faria tudo de novo?

— Nunquinha! Eu nunca faria de novo! Eu nem tô falando com o Rico...

— Pergunta a essa *falsiane* por que ela tava com ele no enterro, então? — Diz a alma mais azucrinante que conheci.

— E no cemitério? Vocês estavam juntos, abraçados.

— Eu tava chorando sozinha. Ninguém me queria perto. A minha mãe tava com a mãe de Sofia. Aí, alguém me ofereceu o ombro, eu aceitei. Só vi que era ele depois. Eu juro. — Olho para Darla, ela pisca e sorri. — Depois daquele dia, eu não falei mais com ele. Nem vou falar. Nunca mais. Nem por mensagem. Ele tem tanta culpa quanto eu. Ele também traiu a Darla, mas ninguém põe a culpa nele.

— Diz para essa criatura insuportável parar com essa choradeira que tá me dando dor de cabeça.

— Desde quando espírito tem dor de cabeça?

— Não enche.

— Parece que a sua amiga está de volta — anuncio.

— Sério?

Ela me abraça. E libera os soluços que estava prendendo.

— Sim. Ela está aqui.

— As minhas rezas funcionaram? Você acha que eu fiz ela voltar?

— Parece que sim.

— Então, ela me perdoou? Pergunta a ela se ela me perdoou. Pergunta!

— Até parece! — diz Darla. — Não perdoei, nem vou perdoar essazinha.

— Praticamente — digo.

— Não acredito! Não acredito! Meu Deus, eu não tô acreditando!

— Você é um marginalzinho mesmo... — diz Darla, feliz como nunca a vi.

Capítulo 61

Demora até que Pâmela se controle. Mas entre choros, ganidos e soluços, a euforia não abandona seu rosto.

Saio para uma conversa particular com Darla. Deixo Pâmela sentada na cafeteria com a promessa de que volto logo, assim que terminar de conversar com a sua amiga.

— Tô bem bolada com você, Miguel...

Eu gaguejo um *por quê?*, que deveria soar indignado e termina admitindo a minha culpa.

— Você nem se esforçou pra me trazer de volta...

— Lógico que me esforcei. Eu pensei que não ia mais conseguir te ajudar, que você já era. Mas eu fiz tudo o que eu pude.

— Mentira! A sua vida deve ter ficado bem melhor sem ter que me aturar.

— Não, Darla. Eu mal dormi de tão preocupado. Não parava de pensar no que você devia estar sofrendo.

— E o jeito que tu mostrou preocupação foi ir naquele lugar nojento?

— Você não tem nada a ver com isso!

— Se você não tivesse usado o dinheiro do meu pai, até poderia ser!

— Eu fiz isso depois que o teu pai quase me matou na porrada.

— E isso é desculpinha para você ir se divertir?

— Não, mas cada um tem a sua forma de lidar com frustração. Eu fiquei bêbado num bordel. Você se deixou ser abduzida.

Ela para como se tivesse levado um choque. Sua irritação desmancha em tristeza.

— Eu não quero falar daquele lugar.

— Tudo bem. Me diz como você está.

— Eu sei lá... Eu tinha tanta certeza que não tinha me matado que isso me deixou *bugada*. Mas passou. Eu consegui me resolver. Eu sei que fiz bostinha e tô me acostumando com a ideia.

— Muito bem. É isso mesmo.

— Mas não faz sentido, sabe? Eu me achava tão forte, tão empoderada. Como eu fiz uma parada dessas? Ainda não faz sentido na minha cabeça.

— Eu não sei, Darla. Esse tipo de pensamento já passou pela minha cabeça tantas vezes que eu acho que se eu tivesse o tipo errado de coragem na hora errada, eu teria feito a mesma coisa.

— Verdade?

— Sem dúvidas. Eu tive uns problemas sérios com a mamãe e não consegui acertar as coisas.

— Que tipo de problemas?

— Ela achava que eu era possuído.

— Tipo, por um demônio?

— *Aham*. Aí ela queria expulsar o capeta por meio de porrada.

— É sério isso?

— Infelizmente, sim. Foi assim até que o diretor do colégio convenceu ela que eu era esquizofrênico. Aí ela me jogou num hospício por um tempo. Graças a Deus que eu nasci depois de pararem de usar choque no tratamento.

— Achavam que você era louco-louco?

— Ainda acham, não acham? Pergunte ao seu pai se eu sou normal.

— Mas por que tu não esconde isso das pessoas? Tu fala comigo como se todo mundo me visse. Se fosse eu, só falaria contigo quando a gente tivesse sozinho.

— Ia ser melhor, mas eu não consigo diferenciar uma pessoa viva de uma desencarnada.

— É, isso atrapalha...

— Depois de um certo tempo, você se acostuma com a reação das pessoas.

— Entendi.

— Por isso que eu ficava isolado naquele hotel caindo aos pedaços. Além de ser barato, por alguma razão, lá não tem gente morta e tem poucos vivos. Dona Aura que achou aquele lugar para mim quando eu estava na pior.

— Pior do que agora? Impossível.

Essa franqueza crua dela seria agressiva. Mas soa engraçada, ingênua. Há muito que ela não conhece da vida. E que nunca vai conhecer.

— Você não ia acreditar.

— Dona Aura é uma pessoa bem importante pra ti, não é?

— Muito... Ela foi a primeira pessoa viva que aceitou o que eu era. Ela passou pelo que eu passei quando era jovem, numa época pior. Principalmente para as mulheres.

— Credo, eu não quero nem saber o que fizeram com ela.

— Nem eu... — digo, imaginando tratamentos muito mais cruéis do que choques. — Bom, ela me pediu para ajeitar as coisas com você e é isso que a gente vai fazer, a partir de agora. Você precisa colocar a cabeça em ordem e se despedir da sua gente. Eu sei que não é fácil perdoar, nem aceitar o que aconteceu, mas é o que precisamos que seja feito. E é o que você vai fazer. Ok?

— O que eu posso falar, né? Nem dá pra acreditar na quantidade de problema que eu causei. Mas causei. A culpa é minha e eu tenho que dar um jeito nas paradas.

— Preparada?

— Preparada!

— Vamos começar consertando a sua amizade com a Pâmela.

Capítulo 62

Pâmela está dormindo com a cabeça apoiada nos braços quando nós voltamos. Darla ri. Eu aperto os olhos para ela.

— Que foi? É bom saber que ela não tem dormido bem. Só isso.

— Seja legal com ela. Não quero que ela saia daqui ainda pior do que chegou.

— Não prometo nada...

Sacudo Pâmela de leve. Ela abre os olhos preguiçosamente. Quando vê que sou eu, se espanta e endireita o corpo na cadeira.

— Darla tá aqui?

— Está.

— Ela vai falar comigo? — sua voz sai falhada, histérica.

— Vai. Eu vou repetir o que ela falar.

— Manda ela ir comer bosta.

— Darla!

— Pém! Era um teste e você foi reprovado!

Pâmela se alegra como se ouvisse a amiga me zoar.

— Ela me mandou comer bosta, não mandou?

— É.

— Era assim que a gente se cumprimentava em público. A gente se olhava com cara de bolada e mandava a outra comer bosta.

— Bom, eu estou aqui só de intérprete — digo com as mãos levantadas. — Se vocês vão se xingar, não é problema meu.

— Foi o que eu falei pra você fazer, desde o início — resmunga Darla.

— Pâmela, fecha os olhos.

Ao invés disso, ela arregala os olhos.

— Fechar os olhos?

— Isso. Fecha os olhos e imagina que Darla está na sua frente.

Pâmela me obedece.

— Darla?

— Oi, Pam.

— Darla, eu... eu...

— Miga, desembucha logo!

— Eu queria te pedir perdão. Eu não sei o que deu em mim naquela festa. Eu nem queria ficar com o Rico. Eu juro que nem tinha passado pela minha cabeça antes...

— *Caôzeira*!

Eu olho para Darla. Ela me devolve o olhar inquisitivo. Eu desisto de intervir. Faço das palavras dela, as minhas.

— Não. Eu juro pela nossa amizade!

— Para, Pam! Eu sei que você tava gostando do Rico.

— Não. Nunca.

— Eu não morri de overdose de burrice, não, dona Pâmela. Eu te conheço. Você não parava de sorrir quando ele chegava perto. Quando ele te olhava, tu ficava vermelha. Ficava toda nervosa, derrubando as coisas. Se ele não era o seu *crush*, eu não sei quem era...

— Quando você descobriu? — indaga, derrotada.

— No começo do ano.

— Miga, me perdoa. Eu tentei desgostar dele. Eu tentei muito. Eu juro.

— Eu sei. Você até tentou namorar aquele traste do João. Nossa, que garoto insuportável.

— Você não sabe de nada. Tenta beijar ele pra você ver! Aliás, tenta parar de beijar e ficar ouvindo o que aquele idiota conversa com os amigos.

— Eu imagino! — diz Darla, momentaneamente íntima, como já foi, com a sua amiga. — Mas só piorou a situação. O Rico começou a sentir ciúmes de você. Aí, eu entendi tudo. Você era o *crush* dele também. Eu pensei em terminar com ele, mas eu não ia conseguir ver vocês dois juntos. Você sabe como eu gostava dele.

— Amiga, a culpa é minha! Eu tinha que ter dado espaço para vocês.

— Tinha mesmo...

— Ai, se eu soubesse! Eu tinha que ter percebido antes.

— Mas você não percebeu. Nem eu. Nem o Rico. Aí ficamos os três atolados em bostinha até que vocês decidiram que era eu que ia ficar de fora.

— Ninguém escolheu isso, Darla. Aconteceu...

— Eu sei, eu sei. Mas doeu assim mesmo. Doeu muito. Eu esperava isso de qualquer pessoa. Até do Rico. Nunca de você...

— Como é que eu fiz isso contigo, Darla? — Pâmela chora ainda de olhos fechados e segura a minha mão. — Você era a minha única amiga de verdade. A única! E olha o que eu fiz! Olha o que aconteceu com você!

— O que aconteceu não é culpa sua. Fui eu que fiz isso. Você não tem nada a ver com a história.

— Como não? Eu transformei a sua vida num inferno. Agora, eu nunca mais vou ter a minha amiga do meu lado! Nunca mais vou poder conversar contigo.

— Pam, eu vou tá por perto de algum jeito. Eu sinto isso. Eu não vou te abandonar nunca.

— Mas não vai ser a mesma coisa! Eu não sei se ainda vale a pena...

— Vale a pena o quê?

— Viver.

— Miguel — chama Darla —, dá um tapa na cara dessa idiota.

— De jeito nenhum.

— Ai, que saco, Miguel! Então, pelo menos, dá um peteleco na testa dela. Um peteleco forte.

Eu obedeço.

— Ai! — leva a mão à cabeça. — Darla não me batia tão forte assim...

— Nunca mais fala isso! Olha quanto sofrimento eu causei, Pam! Se eu tivesse arrumado ajuda antes, a gente podia estar chorando vendo o nosso filminho, em vez de chorar na real.

— Sei lá, Darla. Eu sempre fui fraca.

— Para! Eu não quero mais ouvir essa asneira. Amanhã mesmo você vai procurar uma terapia e contar tudo isso pra uma psicóloga! Você não vai tentar resolver isso sozinha. Promete?

Pâmela não responde.

— Promete?

— Prometo. Eu já tô fazendo terapia. Desde que a gente brigou.

— É, esse foi o meu erro. Não falei com ninguém. Aí, explodi.

— Ai, miga. Se eu tivesse do seu lado...

— Não pensa assim, Pam.

Darla levanta e abraça a amiga, só para passar por ela e cair no chão. De joelhos, olha para as mãos fechadas em punhos.

— Não dá pra voltar no tempo, miga — continua. — Nem vai te adiantar em nada ficar remoendo o passado. O que passou, passou, Pam. As paradas não vão ser as mesmas. A gente não vai mais poder ficar juntas, mas você tem que continuar com a tua vida. Eu quero que você seja feliz.

— Eu não quero. Eu não mereço.

— Mesmo assim você vai seguir em frente. Agora, que eu não vou estar por perto, você vai ter que se garantir sozinha na escola. E vai ter que fazer uma vaquinha pro nosso projetinho. E vai cuidar do Rico pra mim. Ele deve estar desnorteado sem a gente por perto.

— Como assim?

— Nossa, você ficou mais lerda ainda depois que eu morri, foi? Eu falei que você pode ficar com ele. Se quiser, pode até levar aquele idiota pra casa.

— Então, você me perdoa, é isso?

Darla hesita e Pâmela me encara com os olhos pedintes.

Darla ri para mim. Minha criança está crescendo. Sinto, no fundo da alma, que ela está prestes a nos deixar.

— Quer dizer que eu tô perdoando os dois. Sejam felizes por mim.

— Ai, miga, obrigada! Obrigada! Você não imagina o peso que saiu das minhas costas! Eu queria muito te abraçar agora.

— Eu também queria. Muito...

Sem saber o que fazer, abro os braços.

Ela não me abraça.

Capítulo 63

— Sabia que eu ainda nem vi o *NPB?*

— Não?

— Não vi, nem vou ver. A gente esperou tanto tempo. Marcou de ver juntas. Eu não vou sem você. De jeito nenhum.

— Sério?

— Sério!

As duas trocam risadas frágeis, que morrem logo.

— Darla, eu queria te perguntar uma coisa.

— Fala.

— Essa parada de reencarnação existe mesmo?

— Eu ainda não tô sabendo, mas acho que existe sim. O que eu sei é que os espíritos não ficam aqui para sempre. E o Miguel disse que a gente volta pra cá.

Concordo.

— Imagina se na próxima vida a gente vem irmã. Ia ser *mara*, né?

— Ia ser um sonho...

De novo, o silêncio quebra as suas amenidades forçadas.

— Darla, por que você não escreveu nada para mim? Não tinha nem o meu nome naquela sua carta.

— Não sei. Eu não me lembro nem de escrever a carta. Eu devia estar chateada.

— É... foi o que eu achei.

— Mas isso não importa mais — diz Darla com uma voz remendada, sólida. — O melhor que a gente faz é esquecer aquele dia.

— Difícil...

— Eu sei que é difícil, Pam. Muito difícil. Mas é necessário. Não era eu naquele dia. Eu tava muito deprê. E tava bolada. Eu queria me vingar de você, do Rico e da minha mãe.

— Eu sei. Mas é que nem parece que a carta é sua. A letra tá toda torta. Você tem uma letra linda. E você usou caneta preta, ainda por cima. Eu nunca vi você usando uma caneta preta. Desde o jardim de infância, você jogava fora hidrocor e lápis de cor preto. Você odeia tinta sem cor.

— Sei lá. Devo ter usado uma caneta do meu pai. Esquece essa carta, Pam!

— *Aham*... mas... se você puder... se não for atrapalhar essa sua ascensão... dita uma cartinha pro Miguel. Ia ser tão bom ter uma carta sua para ler quando a saudade bater.

Darla sorri.

— Miga, deixa comigo.

Capítulo 64

— De jeito nenhum, Darla?

— Você mesmo que me disse que eu tenho que resolver isso logo!

— E você tem. Você. Eu não vou apanhar de novo. Aliás, dessa vez, eu sei que o seu pai não vai pensar duas vezes antes de atirar em mim.

— Deixa de ser covarde, Miguel.

— Você está de sacanagem! Olha o que ele fez na minha cara!

— Nem tá tão ruim assim. E ele nem vai tá em casa. Ele nunca chega antes das oito.

— Mas já são cinco e meia. E se ele estiver chegando mais cedo depois que você morreu para dar uma força para sua mãe?

— Ele vai chegar às oito. Meu pai é um cara que não quebra a rotina. Por nada.

* * *

Encaro o portão da sua casa pela terceira vez em três dias. É muito, até mesmo se eu fosse bem aceito nessa casa. Não sendo, caracteriza minha loucura.

De certa forma, lembra um pouco da casa de repouso onde a minha mãe me trancou por uns anos. Um portão imponente de ferro. Um casarão branco ao fundo. Um jardim bem cuidado por gente que preferia não ter jardim.

— Dona Sônia? — digo pelo interfone.

— Você? O que você está fazendo aqui?

— A Darla me pediu para te fazer uma visita.

— Ela está aí com você?

— Está.

— Entra, entra!

O portão abre.

Não entro.

— Vai logo — instiga Darla.

Não quero entrar. Está parecido demais com aquele dia durante as férias escolares em que me pediram para eu entrar num casarão e me trancaram lá por três anos. Fiquei lá até dona Aura me ensinar que nem todos estão preparados para lidar com o meu dom.

De lá para cá, descobri que *nem todos* é um eufemismo para *quase ninguém*.

Capítulo 65

Meu presente de dezesseis anos foi uma folga nas cintadas. Meu irmão foi até carinhoso comigo. Pediu desculpas e prometeu que nunca mais ia me bater. Eu não acreditei no *para sempre*, mas qualquer dia de folga era uma vitória.

A explicação para a piedade veio uns dias antes do meu aniversário. Um dos meus professores me pegou conversando com Jairo e Robson — os meus amigos que tinham morrido num acidente de carro uns meses antes.

O professor convenceu o diretor a conversar comigo. Ele também era psiquiatra e atendia numa clínica grã-fina depois da escola.

O babaca foi tão esperto que eu acreditei que ele se importava. Eu contei para ele tudo o que não contei para ninguém. Sobre os espíritos. Sobre a minha mãe achar que eu era possuído. Sobre o meu irmão me agredir dia sim, dia também. Da maldição que levava embora os meus amigos e me deixava sozinho.

Perguntei se ele acreditava em espíritos. Ele me disse que sim. Mas tinha um pouco de medo. Eu expliquei que eles não conseguem nos fazer mal. Ninguém pode te tocar. E ele me agradeceu e disse que veria o tema sob novos olhos.

Até a gratidão era uma parte do seu plano. Ele estava mais interessado na minha maldição do que nas agressões que eu sofria. Fez com que eu detalhasse cada uma das mortes, cada vez que falei com os meus amigos mortos. Fez muitas perguntas sem propósito, perguntas invasivas.

Onde você estava quando eles morreram? Como e quando você soube que eles morreram? O que meus amigos me disseram quando nos reencontramos? Por que eu achava que a maldição tinha me escolhido? O que eu sentia sobre a morte dos meus amigos?

Então, chamou a minha mãe. Eu morri de medo de que ele a denunciasse para a polícia e que ela fosse presa. Mas também torci, envergonhado, para ela sair pela porta algemada.

Aconteceu o contrário. Depois de duas horas de conversa, ela saiu calma. Aliviada.

* * *

Não conversamos sobre a sessão e nada aconteceu até o meu aniversário. A festa só tinha nós quatro. A minha irmã fez um bolo de brigadeiro e usou a sua mesada para comprar um presente para mim. Uma camiseta que eu usaria quando voltasse.

O presente do meu irmão era continuar sem me bater. O da minha mãe foi não mandá-lo me bater, nem gritar comigo.

Meus amigos tinham ascendido. Eu ganhei presentes. Eu estava feliz. Muito feliz.

Depois que comemos o bolo, meu irmão oficializou o fim das cintadas. E a minha mãe declarou que eu nunca mais apanharia desde que eu não deixasse de tomar o meu novo remédio.

Moleza. Era um comprimido por dia. Sete comprimidos por semana são mais fáceis de ingerir do que cem cintadas.

Mas o remédio estava em falta. Só poderia ser tomado em uma casa de repouso, que tinha um bom estoque do remédio. Eu ia ficar hospedado lá até que conseguissem encomendar o remédio. Assim que o recebessem, mandavam me buscar.

Quanto tempo? Uma semana. Duas, no máximo.

Férias. Além de não apanhar, não iria às aulas? E as provas da semana que vem? Os professores iam abonar as faltas e eu faria as provas depois.

Só mais uma coisa, para que era o remédio? Uma vitamina para a cabeça.

Eu sabia que ela estava mentindo, que era um remédio para maluco. Mas nada vem de graça. Eu achei um bom negócio para mim. O remédio não ia fazer mais mal para a minha cabeça do que as cintadas do meu irmão. Ele era um gigante, em seus dezenove anos.

* * *

Eu fui um estúpido. Não imaginei que eles mentiriam tanto. Nada foi um prêmio.

Meu irmão não me bateu para as minhas costas fecharem. Minha mãe mentiu para eu não resistir. A minha irmã me agradou por pena. Eu acho que ela não queria que eu fosse, mas era tão medrosa quanto eu.

* * *

Fiquei no hospício por três anos. Trancado com malucos de verdade. Dopado com um coquetel usado no tratamento de esquizofrenia. Repetindo para os mesmos médicos insensíveis que eles estavam cometendo um engano terrível. Tentando fugir das mesmas enfermeiras sádicas que queriam me transformar num vegetal para que eu desse menos trabalho. Planejando uma improvável fuga nas dez mil voltas diárias no jardim. Tentando me convencer de que ainda não estava tarde para fazer as provas da escola. Esperando a visita que minha irmã me prometeu.

Capítulo 66

— Não precisa ficar *nervoser*. O carro do meu pai não tá na garagem.

— Eu sei. É que esse jardim me lembrou de um outro lugar.

— Pela sua cara, não deve ter sido um lugar maneiro.

***

— O meu docinho está aqui? — quer saber dona Sônia. — Nessa sala?

Abandono as manchas de café no tapete e suas unhas enfiadas na carne das pernas para encarar sua voz tremeluzente.

— Sim. Ela está em pé do meu lado.

— E você consegue ver ela ou só ouvir?

— Ver também.

— E como ela está? Ela está bem?

— Fala para ela que eu tô bem.

— Ela está bem.

— Que bom, que bom.

As duas esfregam as mãos nas coxas e arregalam os olhos, pensando no que dizer. Além da íris e altura, semelhanças inegáveis na impaciência.

— Engraçado, nunca tinha notado como vocês duas são parecidas.

— Nas minhas fotos antigas, de adolescente, mal dá para saber quem é quem.

— Dá, pela roupa.

— Ai meu Deus! Ela sempre me falava isso! — diz cortando o choro. — Meu docinho, você está aqui mesmo, não está? Fala com a mamãe.

— Sim, Dona Sônia. Ela está. Darla, por que você não fala alguma coisa que só vocês duas sabiam? Para a sua mãe ficar mais à vontade.

— Fala pra ela que eu adorei o tecido degradê que ela usou no vestido da minha formatura. Eu não falei antes porque eu tava chateada. Mas eu adorei. Uma pena só usar ele dentro de um caixão.

— Ai, minha filha. Ficou tão bonito em você. Uma princesa. Faltou só um sorrisinho seu.

— Você nunca mais ia dormir se eu sorrisse no enterro! — brinca, mas a mãe se desespera.

— Eu nunca mais vou dormir, com ou sem sorriso. Minha vida acabou. Não sobrou nada sem você, minha filha.

— Não fala isso, mãe. Você tem que ficar forte. Você e o papai.

— Ai, minha filha! Por que você foi fazer isso? Eu nunca imaginei que você fosse fazer uma coisa dessas. Você era tão forte, tão cheia de vida, tão determinada.

— Eu sei, mãe. Eu fiz bostinha. Desculpa. Se eu pudesse, eu voltava no tempo. Juro.

— Dona Sônia — digo —, você pode me dizer se percebeu algum comportamento diferente de Darla antes de... você sabe...

— Não. Quer dizer, a gente não estava numa fase boa. A gente mal se falava e quando falava, brigava. Mas eu não achava que era sério. Parecia crise de mãe e adolescente. O que piorou, e muito, foi o absurdo que aquelazinha fez com a minha filha.

— Darla te pediu para não falar assim da Pâmela. Ela está tão arrependida quanto a senhora. O que passou, passou.

Ela engole o que sente e concorda.

— Por que você tá estragando esse momento? — reclama Darla.

— Eu falo isso porque estou com um pressentimento estranho. A carta que a senhora achou é muito genérica. Bem diferente das outras cartas de despedida que eu já li. Todas eram bem específicas.

— Bom, não é uma carta que eu quisesse guardar, mas o que se pode esperar, não é? A única coisa esquisita que eu achei foi a roupa que ela escolheu para ser enterrada. Eu não pude deixar que ela fosse embora assim.

— *Uhn...*

— O quê?

— Darla se lembra de ter escolhido o vestido de formatura. Ela pediu para você mostrar essa outra roupa.

Capítulo 67

Seguimos para o quarto de Darla. A mãe respira fundo antes de girar a maçaneta.

Para minha surpresa, seu quarto é todo organizado e limpo.

— Mãe, a Ritinha faxinou o meu quarto?

— Não. Eu não deixei ninguém além do seu pai entrar. Está exatamente como você deixou. Eu achei que você tinha arrumado para me agradar.

— Será? Deve ter sido. Eu não me lembro.

Esticado em cima da cama está um vestido amarelo de pequenas flores brancas e vermelhas.

— Isso nem é meu! Eu nunca compraria uma porcaria dessas!

Particularmente, eu o achei de bom gosto. Mas não falo nada. O que eu sei sobre roupas em comparação com essas duas?

— Foi o que eu pensei. Por isso eu escolhi o vestido de formatura.

— Eu adorei. Foi a única coisa boa naquele dia.

— Dona Sônia, você ainda tem algum caderno do colégio ou alguma coisa em que sua filha tenha escrito?

— Tenho. — Ela pega a mochila de Darla pendurada atrás da porta e me entrega. — Por quê?

— Porque tem alguma coisa que não está fazendo sentido. Eu preciso confirmar uma possibilidade.

Escolho um caderno qualquer e folheio até achar uma página mais escrita. Paro em um resumo de História.

— Essa é a letra dela?

— Sim.

Coloco a carta no bolso do lado da página.

— Onde você conseguiu isso?

— Eu prefiro não dizer.

— E precisa? Eu entreguei essa exata carta na polícia e eles disseram que não devolveriam antes de noventa dias. Eu tive que me contentar com uma cópia.

— Tá bom, eu roubei — digo. — Ei, não me olha assim, foi a Darla que me obrigou!

— Você já é um homem feito. Não me venha com essa de colocar a culpa em uma adolescente!

— Eu sei, eu sei. Você tem razão. Mas se vocês me derem um segundo de atenção antes de me incriminarem...

Elas olham para a carta.

— A letra da carta é diferente da sua, Darla.

— Não. É a mesma letra — diz dona Sônia, com a voz diminuído. — Foi a primeira coisa que a polícia verificou. Eles nos garantiram que era de Darla mesmo.

— Uma conclusão precipitada. A letra é um pouco parecida, mas olha os *A*s e os *O*s. No caderno, eles são meio quadrados. Na carta eles são arredondados e espremidos.

— Ovais... — indica Darla.

— Isso, são ovais. Olhe. Todos os *As* são ovais. Menos na assinatura, em que nenhum *A* é oval.

— O que você está querendo dizer com isso?

— Ainda não sei... pega a identidade da Darla para a gente comparar a assinatura.

Ela não responde. Corre para o seu quarto e volta com o documento na mão.

— Veja! É a sua assinatura mesmo. A polícia deve ter verificado a autenticidade só pela assinatura.

— Meu Deus...

— Tem mais uma coisa. A assinatura está bem tremida. Parece forçada.

— Você está querendo dizer que Darla foi forçada a assinar essa carta?

— Aham.

— E o que isso quer dizer?

— Eu ainda não sei. Mas eu acho que Darla pode ter razão. Ela pode não ter se suicidado. Ou pelo menos, ela não fez isso sozinha.

Capítulo 68

— Nós temos que mostrar isso para a polícia.

— É melhor mesmo — concordo.

— Não! — diz Darla.

— Por que não?

— Calma. Me dá uns minutos. As coisas tão quase voltando pra minha cabeça. Antes, eu quero ver se eu me lembro do que aconteceu naquele dia.

— Você se recorda de chamar alguém aqui para casa, filha?

— Não.

— Talvez a Pâmela? Se alguém fez essa atrocidade com você, só pode ter sido ela.

— Lógico que não, mãe!

— Quem mais pode ter sido?

— Vocês têm algum empregado antigo que não gostava de vocês? — pergunto. — Algum jardineiro que foi mandado embora recentemente? Alguém que frequentava a casa quando Darla estava sozinha em casa?

— Só duas pessoas trabalham para a gente: a Rita e o Zé. Eles trabalham aqui há mais de quinze anos. Se conheceram aqui e se casaram. São de confiança. Eles me ajudaram a criar Darla. São da família.

— Mesmo assim...

— Não. Eles nem estavam aqui no dia. Estavam viajando. Voltaram assim que souberam de Darla. Carlos que buscou eles no aeroporto.

— Então, não deve ter sido eles — sussurro para Darla.

— Que horror, Miguel!

— Nesse tempo, vocês contrataram alguma diarista? Ou uma agência de terceirizados? Eu vi que o jardim está bem tratado. Quem está cuidando dele?

— A gente não contratou ninguém. Carlos não gosta de estranhos dentro de casa. Como eles iam ficar três semanas fora, nós dividimos as tarefas. Uma vez por semana, eu e a Darla arrumávamos a casa. E, aos sábados, Darla e o pai cuidavam do jardim.

— Que foi? Tá surpreso, é? — diz Darla. — Parece que eu não sou só o rostinho bonito que você acha que conhece, hein?

— Mais alguém tem a chave da casa? Ou talvez algum ressentimento com a família?

— Não que eu saiba. Ninguém gosta de ser demitido, mas já faz tanto tempo que a babá de Darla foi embora... E ela é um doce de pessoa. Indicamos para um casal de amigos. Ela trabalha até hoje com eles. Isso foi doze anos atrás. Mas por que você está perguntando isso? Você realmente acha que alguém pode ter feito isso com a Darla?

— O que sei é que alguém escreveu essa carta e obrigou Darla a assinar. É motivo suficiente para eu considerar seriamente a possibilidade.

Capítulo 69

— Eu vou ligar para o Carlos agora mesmo. E para a polícia. Isso é grave. Eu tenho que ligar.

— Tudo bem.

— Tudo bem? Você tá maluco? — questiona Darla. — O meu pai vai te matar, tu sabe disso! E se ele não der três tiros em você, vai mandar te prender.

— Eu sei, Darla, mas isso é importante! Eu tenho que fazer isso para você.

— Você não tem que fazer nada! Já passou por essa sua cabeça dura que se o meu pai te matar, ele vai ser preso?

— Eu não tenho escolha. Se eu fugir, o que vai ficar parecendo?

— Que você não é à prova de balas, ué! Que você tem medo de morrer.

— Pensa, Darla. As pessoas não acreditam no espiritismo. Eu sei demais sobre a sua vida. Você mesmo me chamou de golpista umas mil vezes. Eu roubei essa carta de uma delegacia. E a cereja do bolo: eu já fui internado num manicômio. Para os meus psiquiatras, você não existe. É só mais umas das vozes que eu escuto por causa da esquizofrenia. Meu histórico não é bom nem com a igreja. O que você acha que a polícia vai fazer comigo?

— Meu Deus do céu, o que você fez pra igreja?

— Eu não fiz nada. Eu sou a vítima! Sempre a vítima. A minha mãe é quem jurava que eu estava possuído. E a igreja concordou com ela.

— Sua mãe deve ter sido uma pessoa especial.

— Ela não era fácil. Mas isso não te dá o direito de falar dela. No fundo, ela estava tentando fazer o melhor para mim.

— Caguei pro seu drama familiar. O que eu quero saber é o que tu vai fazer pra não manchar de sangue o tapete da minha mãe, Senhor Coragem?

— Bom, como você bem sabe, não é porque eu vejo almas desencarnadas que todas as vezes que eu digo que vejo um espírito eu estou falando a verdade.

— Esse é o seu melhor plano? Tentar enganar os meus pais de novo?

— Eu vou dar uma ajudinha para eles acreditarem que eu estou falando a verdade. Vai ser um empurrãozinho na fé do seu pai.

— Então, tu vai mentir. Cadê aquela paradinha de não mentir que você me fez prometer?

— Eu fiz você jurar para o seu bem e você sabe. E eu estou fazendo isso como último recurso.

— Claro, claro... E como você vai fazer esse milagre? Eu preciso te lembrar que o meu pai é sinistro, Miguel? Você nunca vai conseguir convencer ele de nada, não importa o que você fizer.

— Darla, ele nem cancelou o seu cartão ainda. Você acha que ele está normal? Eu te garanto que ele está fraco da cabeça.

— Não fala assim do meu pai.

— Não foi para ofender. É normal. É o luto. E de qualquer forma, ele não precisa acreditar em mim. Ele precisa acreditar em você.

Desenrolo o fino fio de náilon que sempre levo no bolso para as ocasiões mais extremas. Amarro uma ponta na minha perna e a outra no pé da televisão.

— Nem pensar! Pode mudando isso de lugar — ordena Darla. — Eu não vou deixar você quebrar a tv dos meus pais.

— É... você está certa.

Eu mudo para o pé de um armário fino que fica do lado do rack. Escondo o fio debaixo do tapete. Sobra mais de um metro para eu ter alguma liberdade.

Lembro do outro truque que dona Aura me ensinou. Ela disse que sempre funciona. E eu preciso que funcione hoje.

Me solto do fio, por enquanto, e vou até o espelho pendurado do lado da porta da sala.

— Darla, me dá uma ajuda com a letra.

Ela se recusa.

Eu escrevo assim mesmo. Com o dedo levemente molhado de saliva. Imitando uma letra feminina, infantil e meio quadrada. Ainda não dá para ler. Com sorte, vai ser o que vai me salvar hoje.

— Parece que você é um marginalzinho mesmo, no final das contas.

— Acho que a agente acaba se tonando o que as pessoas enxergam quando nos veem.

Capítulo 70

O pai de Darla quase arranca a porta das dobradiças. A porta bate na parede e volta. Ele dá uma cotovelada nela, que desiste.

Entra grunhindo como o búfalo que já escolheu o seu alvo. Olhos travados na sua vítima. A raiva cansada se transforma em ódio fervente.

Ele vem para me matar. De uma vez por todas.

* * *

Estou sentado no seu sofá. Esperando a sua fúria. Fingindo a calma e a confiança que não vieram no meu DNA.

Rezo para que Deus traga alguma tranquilidade para essa pessoa desequilibrada. E rápido. Mas se a minha fé é pequena, a minha esperança é menor. Conheço esse jogo bem demais. Não vai acabar bem.

— Carlos, espera! — Dona Sônia diz.

Ele nem ouve.

Se aproxima marchando.

Semblante mais fechado que os punhos.

Eu sei o tipo de conversa que ele quer ter comigo.

* * *

A primeira coisa que me diz é um cruzado na minha boca.

Perco a fé com o canino esquerdo.

O sofá vira.

Caio de costas.

Ele senta na minha barriga.

E prende os meus braços com os joelhos.

E aperta o meu pescoço com as mãos.

* * *

Darla me olha impotente. Eu ouço os seus gritos. Eu a vejo chorar.

Tento sorrir para tranquilizá-la. Sai uma careta.

— Para, Carlos! A nossa filha está aqui, Carlos. Darla realmente está aqui! Eu juro, Carlos. Você tem que me ouvir.

Ele rosna para ela e a empurra para longe. E vira de volta para mim.

Aproveito o tempo para uma última tentativa.

— Seu Carlos, eu sei o que parece... mas... eu...

Ele me cala com um soco na costela.

O pulmão direito desiste.

O ar sai todo dos dois.

Arfo, mas o ar não vem.

Engasgo com o sangue.

Ele usa a minha coxa como apoio para o joelho e se levanta.

Agradeço a Deus cedo demais. Ele prepara um chute que eu não vou conseguir suportar.

Eu preciso reagir antes do chute chegar.

E eu reajo.

Capítulo 71

Puxo a minha perna. Forte demais.

O armário balança. A porta abre. Livros, DVDs, CDs, álbuns de fotos, canecas de Natal, copos de souvenir de todas as partes do mundo caem em cima da televisão e a derrubam no chão. A sala sofre uma enxurrada de cacos de vidro.

— O que foi isso? — grita Carlos, despertando assustado do meu pesadelo. — Foi você que fez isso com a TV, Sônia?

Aproveito a oportunidade. Ajo rápido. Me viro de costas e desprendo o fio de náilon da minha perna. Escondo debaixo do tapete.

— Não — digo. — E você também sabe que não fui eu. Ou foi você ou você sabe quem foi...

— Para com essa loucura, Carlos! Foi a Darla! — grita a mãe. — Eu estou tentando te falar isso desde que eu te liguei, mas você não escuta! Você nunca escuta porra nenhuma do que eu falo!

— Isso não é possível — diz, mas já não está tão certo de si.

— Você não acredita, logo é impossível? É isso, seu Carlos? Lógico, você sabe da porra toda. E eu sou só um vigarista — esbravejo. — Não aguento mais levar porrada tentando ajudar!

Ele me olha e vê uma pessoa na sua frente pela primeira vez.

Nós, mais o resto do mundo, devemos nutrir nossa própria alma. Sabe como se faz isso, Miguel? Sendo honesto sempre. *Nunca mentindo, nunca enganando,* disse dona Aura quando me ensinou esse truque. *Contudo, às vezes é necessário proteger o corpo primeiro* — completou com uma piscadela.

— Que merda! Eu estou aqui para ajudar a sua filha! E eu estava ajudando até você chegar e me enfiar a porrada. Pela segunda vez!

Dona Sônia estende a mão e me levanta.

— Vem — diz, olhando irritada para o seu marido. — Vamos colocar açúcar nessa sua boca.

— Não, Sônia. Ele é um farsante. Ele está te enganando.

— Cala a boca, Carlos! Você está descontrolado. Olha o que você fez no rosto de Miguel.

— Se você soubesse o que eu descobri hoje, você ia querer esse filho da puta morto. Esse filho da puta está usando o cartão de crédito que a gente deu para Darla.

— Eu sei.

— Você sabe? E não me disse nada?

— Eu descobri ontem e cancelei o cartão hoje de manhã.

— Ele comprou um terno de cinco mil reais, Sônia! E ainda alugou um hotel de frente para o mar com o meu nome. Não tem como a gente pagar por isso!

— Isso é verdade, Miguel?

— É sim. Eu sei que você já sabia do terno. O hotel foi um pedido de Darla. Eu moro num lugar simples e ela queria passar seus últimos dias desse plano num lugar melhor. Quando eu falei que obviamente não podia pagar, ela me contou sobre o cartão dela que estava com a Pâmela.

— Viu, Carlos!

— Você só pode estar louca, Sônia! Ele acabou de confessar! Você não tem porra nenhuma na cabeça mesmo.

— Você fala direito comigo! É essa sua cabeça dura que não consegue entender o que você não pode ver.

— Lógico! A porra do armário cai em cima da televisão e você acha que essa é a prova que os espíritos existem. Você está fora de si, Sônia! Você só quer acreditar que Darla ainda está aqui. Eu também queria que ela estivesse aqui. Mas ela não está. Ela morreu, Sônia. Acabou. A nossa filha não existe mais.

É ele que sente o peso das próprias palavras. Senta na mesa de centro. Tapa o rosto com as mãos e chora como o pai desolado que é. Sua esposa aceita a trégua com um abraço.

— Ela está aqui ainda. Eu sei que está. Eu posso sentir.

* * *

Sei que não é a hora de rir. Principalmente, com Darla chorando sentada num canto. Ainda assim, preciso de todo o meu controle para esconder meu sorriso vencedor.

Não deveria sentir raiva do pai de uma adolescente que morreu de forma trágica há menos de uma semana. Só que duas surras em dois dias, as dores que senti e que sinto, o buraco que ficou na minha boca, o sangue molhando a língua, o chiado a cada respiração, tudo isso acaba com qualquer compaixão.

Sim, eu sou pequeno às vezes. Acaba faltando espaço físico para esse tipo de grandeza em mim.

Mas eu me contenho.

Porque o futuro e o passado de Darla são mais importantes que o meu presente.

E porque é triste demais ver a falta de fé de uma pessoa que perdeu tanto.

Capítulo 72

— Miguel veio hoje aqui com uma suspeita — diz dona Sônia quando seu marido está domado. — Uma suspeita que só quem conhece muito bem a nossa filha poderia ter. Uma que a gente deveria ter tido!

— Suspeita?

— Ele trouxe a carta de despedida de Darla, dizendo que não parecia que ela tinha escrito.

— E como ele conseguiu essa carta?

— Com a polícia.

— E a polícia simplesmente te deu a carta?

— Não, mas eu precisava dela.

— Para quê? Para fazer o seu vodu ou qualquer coisa parecida?

— Não. Porque Darla precisava ler para aceitar o que tinha acontecido. Eu esperava que assim ela ascendesse — explico. — Mas isso não importa, agora.

— O que importa, então?

— Ele achou que o conteúdo da carta parecia não ter sido escrito por Darla e veio aqui pedir para eu dar uma olhada.

— Me dá essa carta aqui!

Ele estende a mão para mim. Mas é Sônia que a entrega.

— Essa não é a letra de Darla — ela diz. — Olha o caderno dela.

Ele compara as letras com o caderno. Seu rosto fica vermelho com a compreensão do que está nas suas mãos.

— Vocês estão dizendo que Darla foi assassinada?

— É uma possibilidade. Mas não podemos ignorar um suicídio assistido. É mais comum do que se acha — digo. — Olha a assinatura. É dela mesmo, mas está tremida. Ela devia estar nervosa.

— Meu Deus! Você chamou a polícia, Sônia?

— Eu ia chamar, mas você deu o seu ataque antes.

— Nós vamos lá imediatamente! E você vai junto!

Desgraça! Se eu voltar à polícia eles vão se lembrar de mim. E vão me prender. Mesmo estando certo, o que eu fiz foi crime. Uma série de crimes, na verdade.

Não existe nada que eles detestem mais do que alguém descobrindo um erro deles. Pior ainda se for um médium.

Mas é para ajudar Darla. Ela está catatônica desde que viu o seu pai chorando. Eu preciso ajudá-la.

— Eu não posso...

— Não quero nem saber! Você vem!

— Carlos está certo, Miguel — diz Sônia. — Nós precisamos da sua ajuda.

— Eu não posso voltar lá! Eu fiz algumas coisas erradas para conseguir essa carta para Darla — digo e me acalmo. — Desculpa, mas vocês vão ter que resolver isso sem a minha ajuda.

— Ah, você vai! Nem que seja amarrado — diz, levantando-se e vindo com passos firmes na minha direção.

— Cala a porra da boca! — grito. — Eu não estou fazendo isso por mim! Eu tô fazendo pela Darla! Ela tem pouco tempo para ascender para o próximo plano. Senão ela pode ficar presa aqui para sempre!

Olho nos olhos de Darla. Ela levanta os ombros. É a permissão que eu esperava e que vai me salvar.

— Dona Sônia. A Darla acabou de escrever uma coisa no espelho.

— Não tem nada escrito, Miguel.

— Você poderia bafejar bem de perto.

"Por favor, pai".

A letra é parecida com a de Darla e eles a reconhecem.

Sônia chora.

Os olhos de Carlos ficam marejados. O peso do mundo desaba sobre as suas costas e seus ombros começam a tremer. Pela primeira vez, sinto afinidade por esse homem. Essa é a dureza de acreditar num mundo de mortos que falam. Agora, ele entende um pedaço do meu fardo.

* * *

Darla olha para os pais chorando e se aproxima deles. Tenta tocar seus rostos. Não consegue.

— Ela realmente está aqui?

— Sim. Ela está do lado de vocês. Ela está abalada com a tristeza de vocês.

— Minha filha! — lamenta seu pai. — Eu sinto tanta saudade sua. Eu sei que eu trabalhava demais e a gente não passava muito tempo juntos, mas você era a melhor parte do meu dia. Sem você a vida perdeu todo o sentido.

— Todo... — concorda sua esposa.

— Seu Carlos, dona Sônia, eu sei que o momento não é o melhor, mas eu preciso contar a verdadeira razão de eu ter vindo aqui hoje.

Eles me olham desolados esperando a próxima pedrada.

— Fora as minhas suspeitas sobre a carta, eu vim para a Darla se despedir de vocês. Ela vai para um novo plano muito em breve. De lá, não vai mais conseguir falar com mais ninguém desse plano. Nem comigo.

Capítulo 73

Dona Sônia insiste em fazer café. Vamos para a cozinha de modo a ignorar a destruição da sala.

Eu enrolo com a minha xícara na mão, enquanto eles me contam histórias sobre a infância da filha. Dona Sônia, na verdade. Seu Carlos fica quieto. Cabeça baixa. Mandíbula trancada. Café intocado.

Ela me implora por detalhes sobre os meus dias com Darla. Conto tudo que lembro, sem fugir das situações constrangedoras. Quase tudo. Me reservo a decência de não contar sobre o bordel, nem sobre as garrafas de whisky que comprei lá.

Explico o que realmente aconteceu no enterro e como Darla estava particularmente irritante naquele dia.

— Eu peço desculpa por ter mentido naquele dia. O que eu queria era realmente mandar uma mensagem da sua filha para vocês. Mas eu não soube o que dizer. Nunca conheci uma alma tão... rebelde.

— Para, tá? Você tem que falar só coisas boas pros meus pais se lembrarem de mim — reclama Darla.

Mas a mãe dela entende a aspereza da filha naquele dia.

— A gente tinha brigado feio no dia anterior...

— São águas passadas — garanto. — Ela está bem com vocês. E eu posso ver que vocês perdoaram o comportamento infantil dela.

— Essa rebeldia era normal na idade do meu docinho. Isso passou. E sobrou amor. E saudade. Muita saudade da minha filhota.

— Eu sei. E o mais importante: Darla sabe.

* * *

Quando o relógio da sala declara meia-noite, eu me levanto. Já passou da hora de ir embora. Uma noite tensa e cansativa para todos. Não dá para disfarçar os bocejos que cada um deixa escapar a cada meia dúzia de minutos. Apenas Darla está perfeitamente acordada.

— Miguel, você não quer passar a noite aqui em casa? Já está tarde.

O desconforto do seu marido é visível. E eu não quero aumentá-lo. Não dá para esquecer que ele me agrediu, consecutivamente. Eu não quero abusar da minha sorte.

— Eu agradeço, dona Sônia, mas eu vou voltar para minha casa. Eu sei que é difícil para vocês, mas a filha de vocês precisa se desprender desse plano. Se tiver os pais por perto de novo, ela pode acabar não indo.

— Se é melhor para nossa Darla, o que a gente pode fazer, não é?

Eu concordo.

É difícil imaginar o tamanho do amor de um pai ou de uma mãe que aceita renunciar de alguns dias extras na companhia da sua filha. Tudo isso para o bem do seu espírito, que horas atrás eles não acreditavam existir. Duvido que eu tivesse a generosidade para abrir mão de um minuto que fosse com mamãe.

Dona Sônia abaixa a cabeça para se reservar alguma privacidade para chorar. Eu a abraço, beijo a sua testa e saio.

Carlos me acompanha. Remoendo o seu silêncio. Olhando para o chão.

— Não precisa dizer nada, seu Carlos.

— Eu não quero dizer nada.

— Ah... tá.

Ele olha para a esposa. E para o espelho. E para a bagunça da sala.

— Eu não vou te pedir desculpas. Eu fiz o que fiz para proteger a minha família. E eu faria tudo de novo.

Não me falta vontade de valorizar a minha difícil missão. De arrancar dele as desculpas que me deve. Mas a minha costela, ao menor sinal de movimento, me devolve a humildade.

— Sem problemas. Você fez o que achou que era certo. Eu estou acostumado. Não foi a primeira vez que eu apanhei. Nem vai ser a última.

— Mas eu não estou acostumado a cometer injustiças. Eu quero reparar o que for possível. Você fica no hotel que Darla escolheu — anuncia. — Eu não vou pagar para sempre, mas vou tentar arranjar um lugar decente para você morar. E um emprego também.

— Eu te agradeço pelo hotel. Não por mim. Mas eu acho que é importante para a sua filha ficar no lugar que ela escolheu até quinta. Quanto ao emprego e à casa, eu estou pensando em morar com dona Aura depois que tudo isso estiver resolvido. Ela é a pessoa que me ensinou tudo o que eu sei sobre o espiritismo. Ela que me ajudou quando todo mundo pensou que eu era maluco. Ela já me ofereceu para eu morar com ela algumas vezes. Para dedicar o meu tempo para esse dom que Deus me deu. Acho que agora estou pronto para isso. Além disso, ela é bem idosa. Está precisando de ajuda.

— Bom, eu fico feliz por você — mente.

— Obrigado. E obrigado pela generosidade. Não pense que eu não sei o quanto é difícil para você acreditar. O que eu posso te dizer é que também não foi fácil para mim. Nem para nenhuma pessoa que eu conheço. Ter fé é um compromisso diário.

— Diário! Como eu pude esquecer? — diz Darla me assustando.

— O que foi? — Carlos me pergunta.

— Um minuto — digo para ele e me viro para Darla. — O que foi?

— Eu tinha um diário, Miguel! Vou me lembrar de tudo quando eu ler. Eu sei que vou.

— Seu Carlos, Darla se lembrou que ela tinha um diário. Você sabe onde ele está?

— Não. Eu procurei antes, mas não achei. Achei que Darla tinha jogado fora.

— Tá no esconderijo, embaixo da cama.

— Vem, seu Carlos. Eu acho que ela se lembrou onde está.

Entro na casa quase correndo. Sônia quer saber o que aconteceu. Sem resposta, ela nos segue.

Darla me mostra um casulo feito de caixa de sapato preso com fita isolante por baixo do estrado da cama. Lá, encontro um caderno preto pequeno.

Dou para os seus pais. Eles se abraçam e choram de felicidade. Darla sorri. É uma descoberta importante que vai ajudar a buscar um pouco da filha nos momentos de grandes saudades.

Eles abrem com cuidado, passando pelas folhas com carinho.

— A primeira vez que ela escreveu foi em outubro do ano passado — conta Sônia, alegre. — Dizendo que achava que estava começando a gostar do Rico.

— Vamos embora, Miguel — diz Darla.

— Por quê? — sussurro. — Seus pais vão querer falar com você sobre o diário.

— Vamos. Por favor. Já tá tarde.

— Mais dez minutos e a gente vai, ok?

— Não! Eu quero ir embora! Agora!

Uma folha cai do caderno.

Meu coração acelera sem aviso. Olho para Darla. Ela está apavorada.

Carlos abaixa e pega a folha. Uma carta dobrada.

Quando abre a carta, o sangue abandona o seu rosto. Depois, é a vez de Sônia ficar pálida.

Procuro por Darla, mas ela desapareceu.

— O que está escrito?

Eles continuam a ler. Depois me olham. Mas não me respondem. Carlos estende o braço e me dá a carta. Eu sinto o peso da notícia e me sento na cama.

É a carta de despedida de Darla. A letra, desenhada em tinta verde, é dela. As palavras também.

Darla realmente ia se matar.

Capítulo 74

Meus queridos pais,

Essa é a sexta vez que eu escrevo essa carta. Rasguei todas as outras pensando que ia conseguir impedir o inevitável. Eu não consigo mais viver e essa é a única certeza que sobrou na minha vida.

Eu nunca fui uma pessoa alegre (e vocês sabem disso). Nunca tive muitos amigos. O pessoal do colégio não gosta de mim e nos últimos anos eu tenho sido insuportável com vocês também.

A Pam era a única pessoa que eu realmente me conectei na vida. E eu vi ela sofrendo o ano inteiro gostando do Rico. E eu sabia que ele gostava dela também. Eu até pensei em terminar com ele, mas eu fui uma idiota egoísta. Eu não queria dividir nem ele, nem ela. Tinha medo que percebessem como a vida era melhor sem mim e eu acabasse sem os dois, sem ninguém.

Eu sabia que a qualquer momento as coisas iam dar errado entre a gente e fiquei com raiva da Pam mesmo antes de a gente brigar. E eu enchi tanto o saco dos dois que eu nem fiquei surpresa quando eles ficaram.

Mentira, fiquei sim. A Pam fez exatamente o que eu faria. Eu pensei que ela era melhor do que eu. E, antes, ela era. Aos poucos, foi ficando mais parecida comigo. No final, foi tudo culpa minha.

Mas foi difícil ouvir, mãe, quando você me falou que a culpa era minha. Você falou que eu plantei o que colhi. Eu sei, é verdade. Mas quem disse que a verdade é a melhor coisa para se dizer?

A culpa não é sua, mãe. Sei que você queria que eu fosse uma pessoa melhor, mas eu não consegui engolir o meu orgulho e fazer as pazes. Do fundo do meu coração, o que eu queria era te pedir desculpas e ir para o shopping contigo para ouvir você falando sobre roupas, tecidos e caimentos.

Eu sinto falta daqueles tempos quando a gente saía juntas para passear quase todos os dias. Mas esses momentos nunca mais vão voltar.

E foi difícil, pai, quando eu e a mamãe estávamos brigando tanto e você nem reparou. Eu sei que a empresa não está num bom momento, mas eu precisava de você. Precisava que você me dissesse que tudo ia dar certo. Que, se eu aguentasse firme o resto do ano, em janeiro eu poderia escolher qualquer lugar e nós teríamos um mês de férias do mundo, como a gente fez nos últimos quatro anos. Mas eu precisava mais de você do que do mundo. Você é a única pessoa que sempre fica do meu lado, mesmo quando até eu sei que estou errada, mesmo quando nem eu mesma estou do meu lado. Você vai ter que se esforçar mais para cuidar da mamãe. São só vocês dois agora.

Tudo isso, todo adolescente passa. Eu sei. Mas eu fiquei sozinha nesse mundo sem as únicas três pessoas que são importantes para mim. Eu podia sair e conhecer outras três pessoas, mas eu não sou assim. Eu não gosto de conhecer gente nova. Eu não sou do tipo que faz amigos. Mas também não sou do tipo que consegue viver sozinha.

Eu nunca quis trazer tristeza para a vida de vocês, mas é o que tenho feito. E é o que eu não vou fazer mais.

Obrigada por todo o carinho e amor que vocês me deram nesses anos.

Espero que algum dia vocês me perdoem.

Beijos

P.S. Mãe, você precisar voltar a desenhar. Pai, você tem que cuidar mais da mamãe. Pam, eu não estou mais chateada com você e desejo que você e o Rico sejam felizes. De verdade.

Darla Alves Abranches

* * *

PARTE III — CULPA

Se desmorono ou se edifico,
se permaneço ou me desfaço,
— não sei, não sei. Não sei se fico
ou passo.

CECÍLIA MEIRELES, Motivo,

Capítulo 75

Me trancaram numa solitária e aumentaram a dosagem dos meus remédios quando descobriram que eu ajudei o infeliz do Helinho a se matar.

Eles não se importaram se ele estava infeliz. Nem se ele não conseguia conviver com a culpa. Nem que ele juntou a outra metade das pílulas. Enfermeiros são seres sádicos. Não aceitam que interrompam as suas torturas.

Ruim para mim. Eles concentraram toda a selvageria. Um enfermeiro em especial. Um animal que se alegrava quando eu sentia dor. Ele sussurrava no meu ouvido todo início de tarde que era uma pena o governo ter proibido o tratamento de choque. Eu cuspia nos sapatos dele. Era a forma de me vingar.

Eu gosto de paciente rebelde.

Trancado num quarto sem janelas, a minha valentia cedeu. Meu orgulho ruiu. A loucura me abraçou rápido demais.

Os sussurros dos médicos nublaram o meu juízo. Cogitei pela primeira vez que eles estavam certos. E se os espíritos fossem criações minhas? Ecos da minha imaginação.

Os remédios não ajudavam. Os meus pensamentos eram sempre tão confusos que voavam longe demais. Eu tinha um intervalo de uma hora pela manhã e mais uma pela noite para refletir tudo o que eu precisava no dia.

Numa dessas brechas, eu decidi que morreria antes de me tornar o louco que eles julgavam que eu era.

* * *

Ficou difícil juntar pílulas suficientes. Eles verificavam se eu tinha engolido todas e observam se eu estava chapado duas horas depois.

A única saída que eu arrumei foi vomitar assim que as enfermeiras saíam. Eu guardava uma e engolia as outras seis. Era o suficiente para passar horas babando.

Mas eu não conseguia aumentar o meu estoque todo dia. Engolia as pílulas logo depois do almoço e do jantar. Acabava vomitando a comida junto com as pílulas e a empurrava até o ralo.

No segundo dia, tentei engolir o almoço de novo e passei muito mal. Quase que o plano foi descoberto.

Fui mais cauteloso a partir de então. Demorei onze semanas para conseguir as quarenta pílulas que deram conta de Helinho.

* * *

Tinha todas na boca quando ouvi pela primeira vez a aspereza de dona Aura.

— Eu não vou dizer para você não fazer isso. A escolha é toda sua. Mas eu estou aqui, se quiser conversar.

— Conversar? — disse cuspindo as pílulas na mão. — Quem é você?

— Meu caso é bem parecido com o seu. Estou trancafiada também.

— Parecido? Mentira! Você tá de branco! Você é uma das enfermeiras.

— Não. Eu sou uma paciente que sabe jogar bem pelas regras. Eu sou livre aqui dentro. Posso andar por qualquer lugar. Só não posso sair da clínica. E não preciso usar uniforme de maluco.

— Mentira! Vocês vivem fazendo esses joguinhos.

— Se é isso que você acha, eu não vou tentar te convencer. Eu vim aqui para te falar que eu sei que você não é maluco.

— Sabe?

— Sei. Você tem um dom que é muito mal interpretado. Já levou até gente para a fogueira.

— Um dom?

— Um dom. Você consegue conversar com pessoas mortas.

— Como você sabe disso?

— Você vem ignorando por um ano as almas que te pedem ajuda. Elas insistiram o bastante para me incomodar. Então, eu decidi intervir.

— Eu não posso falar com eles. Senão, os médicos vão aumentar ainda mais os meus remédios.

— Vão te dar mais remédios do que esses que estão na sua mão?

— Isso é diferente.

— E é?

Não respondo. Ser pego prestes a desistir da vida é humilhante. É ser pego nu e mole.

— Eu vou te deixar sozinho para você decidir. Mas antes eu vou te fazer uma oferta. Amanhã de tarde eu passo aqui para te ver. Se você ainda estiver vivo, eu vou te ensinar sobre o mundo dos espíritos. Aí, quando sair daqui, esse dom vai ter alguma serventia. Você vai poder viver uma vida de caridade, uma vida dedicada ao próximo.

Uma vida dedicada ao próximo. Essas palavras mexeram comigo. Eu finalmente teria a chance de fazer algo digno de orgulho. Se eu me dedicasse, poderia me tornar conhecido por isso. As pessoas iam me respeitar. Quem sabe mamãe ainda não sinta orgulho do seu caçula?

— As pessoas vão parar de achar que sou maluco?

— Não vou mentir para você. Isso não vai mudar nunca.

É um balde de água fria no meu sonho natimorto. Como que alguém vai me respeitar e acreditar que sou louco ao mesmo tempo? Nunca serei respeitado. Mamãe nunca vai mudar de opinião.

— Qual a vantagem de viver, então?

— Dessa vez, você não vai estar sozinho.

Capítulo 76

Dona Aura me adotou como seu aprendiz. Era rigorosa, mas carinhosa e paciente. Me ensinou tudo o que eu sei sobre o plano espiritual.

Era emocionante vê-la trabalhando. Ela faz coisas que eu jamais conseguirei fazer. Sem dificuldade, ela conseguia evocar os espíritos que precisavam de ajuda. Fechava os olhos e pedia. Eles atendiam. Com alguma concentração, ela podia tocar nos espíritos. Também encarnava alguns deles e se comunicava mesmo com os que haviam abandonado o plano terrestre décadas atrás — desde que permanecessem no plano terrestre.

A primeira coisa que ela fez foi convencer a equipe de psiquiatras a diminuir a minha dosagem. Ela se responsabilizou pelo meu bom comportamento. E eu me comprometi a tratá-los bem e nunca mais gritar com ninguém. Sempre respeitei o nosso acordo.

Ela me emprestou um livro sem capa que era o agrupamento de todos os princípios do espiritismo.

Não gostei da ideia de ler um livro de teoria. Mas nada na minha vida foi mais revelador. Terminei e reli. E reli outra vez. Finalmente achei um propósito para a minha vida.

De uma hora para outra, a prisão passou a ser um lar melhor do que a casa de mamãe. As enfermeiras continuavam sem gostar de mim e os médicos acreditavam que a minha mudança de comportamento era uma manipulação psicótica, mas eu tinha a companhia de dona Aura e a amizade de dezenas de almas em contrapartida.

Eles me contavam sobre a vida deles. Eu pedia todos os detalhes. Esses espíritos viveram mais do que eu. Se não em quantidade, em qualidade.

Quando eu contava sobre a minha família, eles me diziam para nunca mais voltar para casa. Com a ajuda deles, eu entendi que viver na clínica indefinidamente não era uma ideia ruim. Eu e dona Aura transformaríamos a clínica em um centro espírita.

* * *

Vivi feliz por dois anos. Preso, mas livre. Entre loucos, mas lúcido.

Foram os melhores anos da minha vida. Vivi em plenitude. Ajudei dúzias de pessoas com o meu dom. Fiz amizades que serão lembradas em outras vidas. Agi exatamente como Deus queria que eu agisse. Eu fui feliz.

Mas tudo acaba. Normalmente, quando você quer que nada mude.

Capítulo 77

Quando tinha dezenove anos, eles me expulsaram. A minha mãe parou de pagar a mensalidade. Eles tentaram localizá-la por algumas semanas para continuar a cobrança. Não conseguiram. Me deram alta. Me jogaram na rua. No lixo.

Me avisaram de manhã. De tarde eu estava do lado de fora sem dinheiro, vestindo um uniforme surrado de maluco, sem uma casa para ir, batendo no portão, implorando para entrar.

Eles não me deixaram nem me despedir de dona Aura.

Precisei de mais de um ano entre sarjetas para encontrar a minha mãe. Naquele tempo as listas telefônicas ainda existiam. Demorei, mas descobri que a minha mãe estava morando com os meus irmãos do outro lado do país.

Eu liguei para a casa dela. Meu irmão atendeu. Fiquei nervoso. Não consegui falar. Decidi pela surpresa.

* * *

No quadragésimo dia de caronas, um caminhoneiro me deixou em frente ao portão da nova casa da minha mãe. Lembro-me que foram quarenta dias porque a viagem foi durante a quaresma e eu fingi que o jejum que me foi imposto era uma promessa.

O portão era baixo e de metal trançado, adornado com folhas e flores. Descascado, tinha sido de várias cores. Era possível reconhecer pigmentos amarelos, vermelhos e brancos. Não tinha tranca.

Eu entrei.

Quando vi a minha mãe na cozinha, chorei.

Ela também chorou. De outra forma.

Minha irmã veio logo atrás, chorando ainda mais. Ela me abraçou e beijou o meu rosto todo. Disse que estava com saudade. Muita saudade. Pediu perdão por não ter me visitado. As provas da faculdade a tinham impedido de me procurar. Eu tinha esquecido que a minha irmã gostava de mim.

Eu acreditei que estava em casa. Finalmente. Estava em casa.

O meu irmão não se comoveu.

— O que você tá fazendo aqui?

— Eu... eu... não tinha outro lugar para ir. Eu estava dormindo na rua.

— E você acha que eu me importo, seu animal?

Sua agressividade me assustou. Será que ele e a minha mãe não sentiram nenhuma saudade de mim? Será que eu não deveria ter vindo?

Eu olhei para a minha mãe e esperei que ela me defendesse. Que ela brigasse com o meu irmão. Que ela passasse o braço em volta dos meus ombros e me convidasse para a janta.

Ela não me convidou. Virou de costas e se trancou no seu quarto. Eu entrei sob protestos do meu irmão, de mãos dadas com a minha irmã. Eu estava com muita fome para ter orgulho próprio. Se a minha mãe preferisse, eu iria embora pela manhã. Mas naquela noite eu comeria tudo o que pudesse, tomaria um banho quente e dormiria em um tapete macio.

* * *

Estava deitado no chão da sala quando ouvi os três discutindo. Meu irmão gritava, minha irmã chorava, minha mãe rezava. Eles estavam decidindo pelas minhas costas se deveriam ou não voltar a pagar a clínica.

Descobri que ela era muito cara. Eles não podiam pagar.

— Mas qual o preço da tranquilidade, de saber que aquele doente está trancado? — meu irmão quis saber.

Abri o livro de dona Aura, que não tive tempo de devolver. Li para me acalmar. Para ignorar as palavras ouvidas. Mas as palavras lidas não entraram na minha cabeça.

— Você sabe que a gente não tem dinheiro para isso — reclamou a minha irmã. — A gente tem que expulsar ele de casa.

Se até a minha irmã, a única pessoa que gostava de mim naquela casa, preferia que eu saísse, estava decidido. Eu não continuaria sendo um estorvo na vida deles. No dia seguinte eu arrumaria um emprego e alugaria uma casa pequena assim que recebesse o meu primeiro salário. Viveria de forma simples, servindo as almas que precisassem de mim.

— Ele ainda é o meu filho — encerrou a minha mãe. — Deus há de prover.

E Deus sabia que eu estava do lado dele.

Capítulo 78

Minha cabeça zumbe com a possibilidade de ser preso.

Quando Carlos me trouxe até o hotel, ele pediu desculpas e compreensão da minha parte. Amanhã pela manhã, ele vai à polícia. Contar tudo o que eu descobri. Tentará ser evasivo quanto a mim. Mas se a polícia perguntar — e ela sempre pergunta — não vai mentir.

— Eu entendo — disse a ele. Não menti. É o direito de um pai saber quem está envolvido na morte da filha.

Contudo, não há o que faça esse zumbido sair da minha cabeça. As dores pelo corpo não ajudam. Menos ainda a noite insone.

O que a polícia acha de um médium? Um oportunista, na melhor das chances. Na pior, um louco, um criminoso real ou em potencial. Dessa vez, eles vão me trancar num hospício para sempre. E não vou ter dona Aura para transformar o lugar em um lar.

— É melhor você ascender logo. Se você ficar por aqui, eu vou te obrigar a ficar no hospício comigo.

Darla ouve em silêncio. Não abriu a boca desde que reapareceu no carro do seu pai.

Já são quase dez horas da manhã. Carlos disse que às nove estaria na delegacia. E pelo que Darla havia dito, ele não se atrasa. Talvez a polícia já esteja na recepção.

Ah, que se dane!

Não há coisa nenhuma que eu possa fazer sobre isso agora.

— Darla, ainda tem alguma coisa que você queira fazer antes de... você sabe...

Ela me olha triste.

— Para de me olhar com essa cara de peixe morto! — insisto.
— E daí se você estava pensando em se matar. Não importa. Você não se matou. Você se arrependeu e desistiu da ideia.

— Mas eu escrevi aquela carta. Eu sei que essa é minha mesmo.

— E daí? Você escreveu outras e não se matou, Darla! Só se comete um crime quando fazemos alguma coisa errada, não quando pensamos nessa coisa.

— E se eu... se eu...

— Para, criatura! Alguém te obrigou a fazer aquilo. Não tenho a menor dúvida.

— Como você sabe disso?

— Porque a carta que você assinou era falsa. Que tipo de suicida deixa uma carta falsa? Aconteceu alguma coisa e a polícia vai descobrir o que foi. Você pode se desprender desse plano tranquila. Tudo vai ser resolvido.

— Não tem como você me garantir isso! E todos os crimes que a polícia não consegue resolver? Ela nem desconfiou disso antes.

— Eu te garanto que nem eu, nem o seu pai, nem a sua mãe vamos descansar até esse desgraçado estar atrás das grades.

— Você jura?

— Eu juro.

— Jura pela sua mãe?

— Juro pela nossa amizade.

Capítulo 79

Depois de meia centena de juras, ela finalmente me olha com a sua habitual cara de menina travessa. Estou sentado na cama e ela me pede para colocar a cadeira de frente para mim, para que possa se sentar.

— Posso te pedir duas paradas?

— Pela sua voz, eu sei que vou me arrepender. Mas pode...

— Eu quero escrever uma carta pra Pam.

— Sem problemas.

— Com a minha letra.

Meu corpo contrai com as lembranças do seu espírito dentro do meu corpo. Do vendaval de sentimentos ruins que dominou a minha mente.

— Tudo bem...

— E eu quero entregar no cinema.

— Por que no cinema?

— Porque a gente vai ver *Nossos Primeiros Beijos*, aquele filme que eu e a Pam tínhamos marcado de assistir!

Filmes adolescentes. O martírio não tem fim?

— Eu não preciso ir, preciso?

— Lógico que sim, jovem! Vai ter muita resenha depois do filme!

— Entendi. Serei seu escritor, entregador e intérprete. Mais alguma coisa?

— Só duas coisinhas mesmo! Viu como eu sou controlada? Podia te pedir muita parada pior.

— Não tenho dúvidas.

Ela abre a boca e para. Levanta-se e senta na cama, do meu lado. Se a sua perna fosse sólida, estaríamos encostados.

— Obrigada, Miguel. Você é um amigo de verdade, sabia?

Diz e coloca a sua mão sobre a minha. E, pela primeira vez, consigo sentir o toque de um espírito. É gelado, mas me aquece. Suave, mas faísca.

Ela também se surpreende com o contato metafísico. Sorri de canto. Não diz nada. Não há o que deva ser dito.

Empurra o meu ombro para trás com a palma da mão. Eu sinto todas as suas células. Cada uma delas me deitando na cama.

Ela descansa a cabeça no meu ombro. Os fios do seu cabelo roçam no meu nariz. Quase encontro o seu cheiro.

E me abraça.

O primeiro abraço em muitos anos.

Nunca me senti tão especial.

Capítulo 80

Encontramos Pâmela no cinema. Ela comprou três ingressos para Darla poder ficar sentada no meio. Achou um desperdício pagar para mim. Eu concordei. Nem me lembrava do que se tratava o filme.

Fora que queria uns momentos de folga para colocar os pensamentos no lugar. Mas nós dois não fomos suficientes para convencer o espírito mais cabeça dura de todos os planos do Universo.

Combinamos que elas assistiriam ao filme em silêncio. Para não atrapalhar os outros espectadores. Atenção total na tela. Conversaríamos depois.

Mesmo querendo dormir, percebi que Pam estava inquieta, mal se contendo para falar com a amiga.

* * *

Não foi das experiências mais desagradáveis, é o que posso dizer. As duas saltitantes, comemorando que o filme era ainda melhor do que esperavam. Não melhor do que o livro, mas ainda assim, muito bom.

A alegria morre, aos poucos. Vejo a saudade começando a bater. A falta de contato físico doendo nas duas. Pâmela, que não consegue sequer ver a amiga, disfarça pior a sua tristeza.

— Entrega a carta, Miguel, e pede pra ela só ler quando chegar em casa.

Pâmela concorda, abalada.

— Que foi? — demanda Darla. — Foi você que pediu pra eu te escrever. Era pra você ficar feliz.

— Eu tô. Mas tô triste também. Essa é a última vez que a gente vai se falar.

— Não pensa assim, miga. Pensa que eu vou estar sempre por perto. Mesmo se a gente não conseguir conversar, isso não muda a nossa amizade.

— Nossa amizade é eterna — completa Pâmela. — *Best friends forever*!

— *Best friends forever*! — Darla repete a fala empolgada da amiga. — E sabe mais o quê? Você nem precisa mais de mim! Você sempre sabe o que eu tô pensando. Se quiser perguntar alguma coisa para mim, pensa no que eu diria e você vai saber o que eu ia te falar.

— É, eu sei. Mas não é a mesma coisa.

— Não. Não é e não tem nada que a gente pode fazer pra mudar isso.

— Você prometeu que a gente ia fazer tudo juntas. Ia fazer Moda na mesma faculdade. Ia casar no mesmo dia. Ia ficar grávida ao mesmo tempo. Mas quando decidiu ir embora, você nem quis saber o que eu achava! Por que, Darla?

Olho para Darla e ela assente, combinando de não contar à Pâmela sobre as suspeitas de assassinato. Será melhor que ela saiba quando as autoridades prenderem o desalmado.

— Me perdoa, miga. Eu queria poder voltar atrás. Como eu queria... Mas eu não posso. Nem você, miga. Então, larga dessa. Bola pra frente. Pensar assim só faz doer mais.

— Só que se você tivesse falado comigo, talvez eu te convencesse a mudar de ideia. Ou fizesse isso também. A gente podia ter ido embora juntas.

— Não fala bosta, Pam! Você não imagina a dor que tu ia causar na sua mãe. E pro seu irmãozinho? Nem dá pra pensar como ia ser pra ele. Nenhum deles merece isso, não, miga.

— Eu sei, mas você é a minha melhor amiga. A pessoa que eu mais amo no mundo. Mais do que a minha mãe. Mais do que o meu irmão. Muito mais do que o Rico. Mais do que todo mundo junto! Agora, eu tô sozinha. E não tenho mais ninguém pra conversar sobre as coisas que acontecem.

— Nem me vem com esse papo brabo, Pam! Não quero nem ouvir. Até porque a gente ia carregar outro suicídio nas costas. Imagina o coitado do Rico! Perder nós duas? É tragédia demais para a mente humana suportar!

Finalmente, Pâmela ri.

— É verdade. Ele não ia aguentar.

— Eu tive uma ideia! Não sei como funcionam as paradas lá em cima, mas eu vou impregnar a vida de todo mundo até eles me deixarem reencarnar como a sua filha!

— Você acha que dá? Ia ser um sonho! — Pâmela me pergunta.

— Sei lá. — Olho para Darla e ela me olha torto. — Mas deve ser possível. Com certeza, deve!

— Por que a gente não vai pra outro lugar? Pra continuar conversando — diz Pâmela. — Tipo pro calçadão, lá perto de casa. O estacionamento tá quase vazio. Tá meio esquisito.

— Eu sei que vocês duas querem ficar conversando a madrugada toda, mas amanhã é o grande dia de Darla. A ascensão dela pode acontecer a qualquer momento e ela precisa estar preparada.

— Entendo... Vai pra a luz, miga. E volta pra minha barriga.

— Pode deixar!

— Pâmela — digo enquanto a abraço —, não faz nenhuma besteira, tá? Pensa na sua família.

— Relaxa. Eu nunca fui corajosa como a Darla. Nem egoísta.

Capítulo 81

Darla está deitada na cama, rindo ao assistir à novela. Não tivemos muitos momentos de paz nesses cinco dias. Foram dias caóticos. Discussões, acusações, surras. Dias infernais que eu queria que acabassem logo.

No fim das contas, ela não é uma criatura tão desagradável como se fez acreditar no dia em que a gente se conheceu.

Nossa! Eu sinto como se já a conhecesse há tanto tempo. Foi sábado passado. Cinco dias atrás. Nem uma semana ainda.

A conexão que temos é mais intensa do que tive com qualquer uma das almas que ajudei. Muito mais forte do que a que senti com qualquer vivo. Até mesmo dona Aura.

Ela vai fazer falta nessa minha vida medíocre.

Mais ainda se eu acabar preso.

Ela chegou destruindo o pouco que eu tinha. Duvido que recupere o Fusca que troquei por uma calça jeans nova, um tênis, duas camisetas e mais uns cacarecos. Ou o computador e o resto dos meus pertences que ficaram no hotel. E a minha coleção de cartões? Em outros tempos, eu estaria devastado.

Não me importo. Agora tenho mais que isso. Tenho coisas que não podem ser compradas.

Além da calça de um terno de cinco mil reais. Tão lindo quanto destruído. Assim que Darla ascender, vou jogá-la fora. Não gosto de coisas partidas, conjuntos pela metade. Não gosto de nada que me chateie.

E eu nem teria onde usar o terno. E dona Aura me faria devolvê-lo ou doá-lo. Em algumas semanas, algum mendigo estará usando um pedaço da roupa mais cara que eu já tive.

Mesmo em escombros, estou melhor. Sou melhor. Finalmente, estou pronto para enfrentar o luto da minha mãe. Perdoar seu relacionamento abusivo. Ela e as suas escolhas bizarras. O cinto. A igreja. O hospício. Ela olhava para mim e via a própria loucura.

Ela fez tudo isso tentando cuidar de mim. Do seu jeito. Da melhor forma que conseguiu. Sim, ela me amava. De uma forma torta, ela me amava.

Algum dia tentarei perdoar o meu irmão. Não será hoje. Não será logo. Algum dia, na minha velhice.

Poderia pensar que ele não tinha escolha. Que tinha que me bater. Eu entendo. Eram ordens da minha mãe. Só não devia gostar tanto disso.

A minha irmã foi a grande decepção da minha vida. Dela, eu esperava coisas boas. Afeto. Carinho. Amor. E ela virou as costas para mim.

Esses três cretinos eram a minha família. Um dia voltarei a amá-los. Mas, hoje, o que consigo é não pensar demais para não lembrar que os odeio.

Eles são a raiz de toda a desgraça da minha vida. Queriam tanto não ter um louco entre eles que me trancaram em um hospício. Quando voltei, a loucura tinha consumido a todos eles.

Graças a Darla, hoje consigo enxergar um caminho novo. Vou aceitar o convite para morar com dona Aura. Meus dias morando num muquifo acabaram. Terei a companhia do melhor ser humano que conheci.

Além de poder aperfeiçoar os meus dons para guiar almas confusas na ascensão e a confortar as suas famílias. Minha professora vai gostar de saber que consigo tocar espíritos e deixar que usem o meu braço para escrever. Quem sabe quais serão os limites para a ajuda que eu vou poder oferecer sob a tutela próxima de dona Aura?

Ela faz coisas maravilhosas. Como fez com Darla. Nunca ouvi falar de um encarnado que conseguiu ir e voltar do Umbral. Talvez eu consiga fazer isso algum dia. Ou ir além. Se eu puder, gostaria de fazer contato com um espírito de luz. Perguntar se terei um bom relacionamento com mamãe em outra vida. Quem sabe, não é? Hoje, compreendo que as minhas possibilidades são infinitas.

Antes, era certo que eu seguia um caminho de solidão e isolamento. E mágoa. E arrependimento. E dor. Agora, a vida será simples e regrada. Limpar a casa duas vezes por dia. Comer essas desgraças sem gosto que fazem bem para a saúde. Fazer exercícios. Parar de beber. Estudar espiritismo no tempo livre. E todas essas coisas insuportáveis para cuidar do corpo, da mente e do espírito.

Dona Aura vai querer fazer de mim um monge. E um monge eu serei.

Espero que abra uma exceção para os palavrões. Ela nunca gostou deles. Mas eles estão tão entranhados que fazem parte de mim. Serão meu último refúgio da revolta que nutri durante as três últimas décadas.

Nada disso é relevante, contudo. O que eu finalmente aprendi é que a minha vida não importa. Nem a dor, nem a alegria importam. E não há nada de errado nisso. Quando me concentro em mim mesmo, esqueço do meu verdadeiro propósito nessa vida. Eu vim para este plano para servir. Então, preciso ser paciente. Os meus clientes tendem a chegar mal-humorados.

Hoje, o que importa é Darla e a sua ascensão. Sei que ela está pronta. Finalmente aceitou os erros — seus e das pessoas com quem se importa. Finalmente perdoou a si e aos outros. Finalmente está em paz.

Mas falta alguma coisa.

Senão ela teria ascendido hoje mesmo. Eu não estou vendo a cena inteira.

Seria apenas uma questão de pontualidade? Será que ela vai esperar para ascender no sétimo dia?

Não. Ela quase ascendeu no segundo dia.

Pode ser uma questão de vontade. Talvez ela queira ficar mais um pouco com a família.

Também não. Ela já se despediu de seus pais e de Pâmela. O tempo não é o que importa.

É outra coisa...

Será que sou eu?

* * *

— Que foi? Por que tu tá me olhando assim?

— Nada! Não... estava só pensando.

— No quê?

— Em amanhã.

— Ah, para! Lá vem você quebrando o clima. Não quero falar sobre isso.

— Eh, você está certa! Vamos aproveitar a noite. Amanhã temos o dia inteiro.

Capítulo 82

O toque do telefone me acorda. Eu não atendo da primeira vez. Nem na segunda. Nada de bom vem de telefonema tão cedo. Estou com o pressentimento que, dessa vez, vai ser alguma coisa realmente ruim.

Me tranquilizo quando vejo que é a mãe de Darla. Talvez ela queira saber se a filha já ascendeu. Não tinha como ela saber que eu sou do tipo de pessoa que não acorda cedo por nada. Especialmente, quando vou dormir e já está claro.

Dá para entender a sua ansiedade. Hoje é o último dia que poderá conversar com a filha. Ainda que pela minha boca.

— Alô, dona Sônia?

— Miguel, finalmente!

— Está tudo bem? Você parece nervosa.

— Eu preciso da sua ajuda. É urgente!

— Pode falar.

— Eu não sei como funcionam essas coisas de espírito, mas eu quero saber se você consegue entrar em contato...

— Com a Darla? Ela está bem aqui do meu lado.

— Não, não é isso.

— É o quê, então?

— Eu preciso que você tente entrar em contato com a Pâmela.

— O que tem a Pam? — pergunta Darla.

— Você quer o telefone dela? Posso te passar o número que a Darla me deu...

— Eu tenho o telefone dela. Não é isso.

— Então, me diz o que está acontecendo?

— Ela... ela saiu de casa ontem e não voltou.

Puta que pariu. Não posso acreditar. Ela me garantiu que não faria nenhuma besteira.

— Não, não! — diz Darla.

— Já ligaram para o Ricardo? Ela pode estar com ele.

— Já. Ele não falou com a Pam desde sábado.

Não dá para acreditar. Será que isso está virando moda entre os adolescentes em crise?

— Você está me ligando para eu tentar entrar em contato com o espírito dela? Eu acho que é cedo demais para esse tipo de suposição.

— É pior do que parece, Miguel. A mãe dela recebeu uma foto da mesma carta de despedida que você pegou da polícia. Foi enviada pelo celular da Pâmela.

— Ela pode ter tirado uma foto da carta para ter uma lembrança...

— A carta não era exatamente igual. Essa foi assinada pela Pâmela.

— Meu Deus!

— Nós estamos muito preocupados. Carlos acabou de sair daqui. Está indo na polícia contar tudo o que a gente sabe. Eu tinha convencido ele a esperar até amanhã. Mas com o desaparecimento da Pâmela, ele teve que ir.

— Lógico, lógico. Ele fez bem.

— Minha cabeça tá *tiltando*! Tá acontecendo de novo! — gane Darla.

— Miguel. Eu liguei para saber se você consegue saber se ela está... você sabe... se ela já foi.

— Não é assim que acontece. Eu não consigo falar com todo mundo. Só com quem aparece para mim. São eles que me escolhem.

— Mesmo assim! Eu preciso que você tente para mim, ok? Eu estou com a mãe da Pâmela aqui em casa. Nós estamos desesperadas.

Quando estou para insistir que não há o que eu possa fazer, Darla aperta a minha mão e me lembra de que eu não sei mais o que é possível.

— Por favor — ela pede.

— Tudo bem. Eu vou tentar. Eu vou desligar para me concentrar. Te ligo assim que conseguir alguma coisa.

— Obrigada, Miguel.

Queria desligar. Focar em achar a alma da Pâmela. Mas me calar é dar um passo para trás na minha evolução como ser humano. Não dá para fingir que nada aconteceu ontem. Ainda que a polícia não veja com bons olhos esse contato com uma adolescente na noite do seu desaparecimento.

— Vocês precisam saber de uma coisa — digo de olhos fechados.

— O quê?

— Ontem, eu e Darla fomos ao cinema com a Pâmela. Nós deixamos ela dentro do táxi. Aconteceu alguma coisa nesse meio tempo.

Dois, seis, trinta segundos se passam enquanto o silêncio me abre o estômago.

— Que horas vocês saíram do cinema?

— A sessão terminou às oito e meia, mais ou menos. Ela deve ter entrado no táxi, no máximo, às nove e meia.

— Obrigado pela sinceridade, Miguel. Você sabe que eu vou ter que contar isso para polícia, certo?

— Eu sei. Não se preocupa comigo. Eu vou tentar achar a Pâmela.

* * *

Meu Deus do céu, como é que eu vou explicar isso para as autoridades? Cabo Gonçalves vai se lembrar de mim. Ele vai me acusar de roubar a carta de Darla para fazer a cópia que Pâmela assinou.

Eu devia fugir antes que a polícia descubra sobre o hospício. Antes que eles juntem as peças e contem todas as pessoas próximas que morreram. Eles não vão acreditar na minha maldição. Eles não vão acreditar que eu falo com espíritos. Eles terão certeza de que eu sou maluco. Pior, nenhuma prova vai tirar da cabeça deles que eu não tenho qualquer envolvimento com o desaparecimento.

Eu devia fugir agora. Enquanto há tempo.

Antes, faria sem pensar. Mas eu não posso. Não dessa vez. Não posso deixar a Darla na mão.

Nem a Pâmela.

— Conseguiu achar a Pam? — indaga Darla.

— Não.

— Então, tenta com mais vontade!

— Eu estou tentando. Mas e se ela não estiver morta ainda?

— Você acha que ela tá viva?

— Não sei. Mas eu quero acreditar nisso. Eu acho que se ela morresse o seu espírito iria atrair o dela. Ou o dela atrairia o seu.

— A gente tem que achar ela.

— Tem. Só não sei como.

— Tenho que dar um jeito de me lembrar da noite em que eu morri. Preciso saber quem me fez assinar a carta. Isso vai ajudar a gente a saber o que aconteceu com a Pam.

— Melhor não. Isso pode ser traumático e atrapalhar a sua ascensão.

— E você acha que eu vou ficar aqui sentada esperando, até eu perder a chance de salvar a minha melhor amiga?

— Eu não sei, Darla. Se você esqueceu daquele dia é porque a dor de lembrar vai atrapalhar a sua ascensão.

— Miguel, você fez coisas bem piores por mim.

— É diferente. Contigo, pode ser permanente. Eu não estou te pedindo para ficar parada. Só esperar pela ajuda de dona Aura.

— Essa não é uma decisão sua, Miguel! Eu não vou ficar aqui, rezando por um milagre. Não é porque eu morri como uma covarde que eu vou ser essa covarde pra sempre!

— Tá bom. A escolha é sua. Mas foca em descobrir seu assassino, não a sua morte.

Capítulo 83

Duas horas depois, Darla reaparece.

— E aí? — pergunta.

— Nada ainda.

— Ai, que alívio, Miguel! Se nem dona Aura achou a Pam, ela tá viva, com certeza!

— Não, Darla. Eu não consegui falar com ela. Ligo, ligo e dá que o número não existe. O telefone dela deve estar quebrado. Deve ser isso.

— Você só pode tá ligando para o número errado.

— Eu conheço o número de dona Aura.

— Tenta de novo.

— Eu já tentei mil vezes. Eu não sou idiota, tá bom?

— Ah, cresce, Miguel. A situação é séria demais para você ficar de drama — rosna, respira e se acalma. — Alguma novidade com a polícia?

— Também não. Eles ainda estão procurando.

É insuportável desperdiçar todo esse tempo. Nossa busca não está dando em nada. A cada minuto as chances da Pâmela diminuem.

E as minhas também. Se essa menina morrer, vai ser fácil demais para a polícia ligar o meu histórico com a posse da carta. Sendo assassinato ou suicídio assistido, logo, logo eles vão preencher a vaga do culpado com uma figurinha minha.

— E você, alguma sorte?

— Eu não consegui lembrar da minha morte. Tem uma barreira bizarra naquele dia. Mas uma coisa não parou de se repetir na minha cabeça.

— Qual?

— Lembra do cemitério? Você tava bolado comigo e com o meu pai. Aí, chegou uma velha *tiltada* contigo, perguntando de onde tu me conhecia.

— E daí? Todo mundo estava me olhando torto naquele dia. Ela só foi a mais desagradável porque foi falar comigo.

— Não. Com ela foi diferente. Eu tava achando engraçado ver você sendo humilhado e tal. Mas aí, eu olhei pro rosto dela e alguma coisa *bugou* a minha cabeça. Eu fui arrancada de lá. Quando eu voltei, eu tava naquele hotel caindo aos pedaços.

— Sim, eu lembro. Eu pensei que ela era a sua avó.

— Já te falei que a minha avó morreu.

— Eu sei. Pensei que era a outra.

— Eu nem conheci a mãe da minha mãe.

— Não? Então quem era essa velha?

— Essa é a questão. Eu não sei exatamente. Quer dizer, eu conheço aquele rosto enrugado de algum lugar e eu sei que ela era mais ou menos próxima — Darla fala olhando para os pés e apertando a cabeça com a palma das mãos. — Droga, eu não consegui lembrar o nome dela.

— Qual o problema de você não se lembrar do nome dela? Ela deve ser uma tia distante ou uma amiga da família.

— Eu pensei isso, na primeira vez. Mas fiquei relembrando a cena um milhão de vezes. Ela não é da minha família. Ela não falou com os meus pais no enterro, então não conhecia eles. Ela jogou uma rosa no meu caixão e não falou com mais ninguém além de você.

— Engraçado você dizer isso. Como é que ela conhecia nós dois? A gente não tem nada em comum. Só mora na mesma cidade. Nada mais.

— Não faço ideia.

— Esquece ela, Darla. Vamos focar na Pam. A gente nem sabe se essa velha está viva — digo e o meu estômago congela. — Ela está viva e está me seguindo! Eu vi a desgraçada perto da sua casa e trombei com ela na delegacia.

— Na delegacia?

— É. Acho que não te contei. Quando você desapareceu, eu peguei a carta e saí correndo. Aí eu esbarrei nela na escada. Caí por cima dela e tudo.

— Te perseguindo... — Darla levanta a cabeça de olhos arregalados e boca aberta. — Acho que sei quem ela é.

— Quem?

— Ela me ligava direto — diz em transe, olhando para o céu, pela janela. — Várias vezes por dia. Queria saber tudo da minha vida. Como estavam as paradas com os meus pais, com a Pam, com o Rico...

— Como ela conseguiu o seu telefone?

— Acho que ela trabalha no Centro de Prevenção de Suicídio. Eu liguei pra lá quando tava pensando em me matar. Ela pediu o meu telefone. Eu dei.

— Então, está explicado. Ela se importava com você, por isso foi te prestar uma última homenagem. E, naturalmente, ninguém gosta de mim — digo tentando o telefone de dona Aura outra vez.

— Ela me visitou uma vez. Na minha casa.

Número errado outra vez. Ligo novamente. Maldição. Se conseguisse falar com dona Aura, ela saberia em segundos se Pâmela está morta ou não.

— No dia que eu morri.

— O quê? Darla, você não está achando que aquela velha... que ela...

— Miguel, eu acho que foi ela que me matou.

Capítulo 84

Não arranjei o emprego que esperava. Quem contrataria um jovem de vinte anos, sem experiência, sem ensino médio completo e com um histórico de problemas mentais? Uma possibilidade é alguém que não consegue um funcionário melhor pelo dinheiro que aceita pagar. A outra é um sujeito preguiçoso demais para confrontar as mentiras mais triviais do meu currículo.

Meu primeiro trabalho foi de entregador de jornal. Acordava cedo demais e o salário mal pagava o empréstimo que a minha mãe fez para comprar a bicicleta. Apesar de tudo, eu gostava de me sentir útil e tinha muitos planos para o futuro. Não durou muito. Fui demitido antes das mensalidades acabarem.

Depois fui entregador de pizza. Fingi que tinha carteira de motorista. Eles não estavam nem aí. Eu usava o Fusca de mamãe. Meu irmão não gostava, mas mamãe nunca se opôs. O carro quase não era usado e eu pagava o combustível. Não dava despesa para ninguém.

Passei dez anos sendo entregador de qualquer coisa. Entreguei gelo e cerveja, mesas e cadeiras, comida de todos os tipos. Fui taxista pirata por alguns meses. Sonhei em ser motorista de ônibus, de caminhão, ter meu próprio táxi. Não consegui. Nem o ensino médio eu terminei. Foram dez anos recebendo pouco demais para morar sozinho.

Era claro para mim que a minha família não me queria na casa. Minha mãe mal falava comigo. Meu irmão me xingava. Minha irmã me tratava bem, mas fazia *lobby* pela minha saída quando achava que eu não estava ouvindo.

Aos poucos, eu fui vencendo as barreiras. Se não gostavam da minha presença, fiz eles se acostumarem com ela.

Não que a vida em família tenha melhorado desde quando era adolescente.

Minha irmã trabalhava e estudava tanto que quase não parava em casa. Minha mãe se trancava no seu quarto rezando para que eu morresse e queimasse no inferno. Logo.

E meu irmão agora bebia. Bebia muito. E a raiva que ele sentia de mim aumentava quando estava bêbado.

Eu apanhava em silêncio. Não me permitia chorar. Nem gemer. Apanhava com dignidade até quando ele me apagava.

Ensaiei por anos, mas não tive a coragem de perguntar o que eu tinha feito para merecer o calor do seu ódio. Quando ele morreu, senti mais falta de uma resposta do que de um irmão.

* * *

Se o clima da casa não era bom, quando o corpo do meu irmão foi identificado, ficou pior. Ele se jogou do prédio da empresa em que trabalhava. Brigou com a minha irmã na noite anterior. Ela gritou com ele para que parasse de me bater. Quando, na manhã seguinte, ele descobriu que seria demitido por trabalhar alcoolizado, não aguentou.

Ele não era uma boa pessoa, mas era o primogênito, a cola da nossa família.

Em poucas semanas a minha irmã deu um rumo para sua vida. Arrumou um novo emprego e um noivo e foi morar no exterior. Nunca nem soube do nome dele. Nem nunca mais a vi. Foi o jeito que ela achou para escapar da culpa pela morte do irmão errado.

Mamãe se enterrou no luto. Foi a única época em que parou de conjecturar o retorno próximo do meu maldito pai, ou a quantidade de demônios que eu hospedava. Parou de falar, na verdade.

Ficamos num silêncio quase absoluto por três anos. Até o meu aniversário de trinta anos.

Eu estava feliz. Tinha ligado para dona Aura. Ela estava saindo da clínica e tinha planos para abrir um centro espírita. Me convidou para morar com ela e fazer parte do projeto.

Eu não aceitei porque tinha que cuidar de mamãe. Mas fiquei muito feliz. Eu tinha desistido de esconder os meus dons da minha mãe e estava fazendo muito progresso com os espíritos que vinham pedir ajuda.

Algumas pessoas do bairro já me tratavam com respeito. Outras, com medo. O importante era que ninguém mais me chamava de maluco abertamente.

Eu estava feliz. Muito feliz.

Até a primeira paulada me acertar.

Elas não pararam. Uma, duas, cinco, dez.

Espantada, a minha consciência tentava entender por que mamãe, uma senhora de quase setenta anos, estava me espancando justamente no meu aniversário.

Ela me bateu até o porrete quebrar.

Gargalhou. Cuspiu na minha cara. Pisou na minha mão quebrada. Chutou a minha costela rompida. Alegrou-se com os meus gritos, com o meu choro, sobretudo, com a minha desesperança.

Acreditei que eu morreria ali. No meu aniversário. Afogado em sangramentos internos. Morto pelas mãos nunca carinhosas de mamãe. Ela, depois de tanto tempo, feliz.

Abriu um espumante. Sentou na poltrona. Tomou três taças antes de ligar para a ambulância. Esperou até achar que eu não resistiria e disse aos médicos que um homem tinha invadido a casa e me agredido porque eu estava metido em drogas.

Quando eu acordei, os médicos perguntaram. Eu confirmei.

Mamãe se matou no dia que eu saí do hospital. Tomou uma cartela de calmantes e foi para a banheira. Fez isso para que eu fosse o primeiro a encontrá-la morta.

Procurei por seu espírito em todos os lugares. Passei dias sem dormir, com medo de perder sua ascensão. Pedi a ajuda de dona Aura. Não podia perder a única oportunidade de me reconciliar com a minha mãe. De lhe mostrar que nunca fui louco. De lhe mostrar que tudo o que eu queria era ajudar.

Ela se escondeu de mim, mas ninguém se esconde da minha professora. Dona Aura nunca me contou o tipo de coisa que ouviu de minha mãe. Disse que era melhor eu não saber.

Mamãe passou a vida me punindo por algo que eu não pude escolher. Mas foi depois de morta que conseguiu me machucar de verdade. Ela arrancou a única ambição da minha vida. Reconciliação.

Capítulo 85

— Isso não faz sentido, Darla.

— Por isso mesmo é que faz! Consegue imaginar uma pessoa menos suspeita que ela? Cara, isso é suspeito demais.

— É exatamente por isso que não dá para acreditar nessa sua teoria. Por que uma pessoa que vive impedindo que pessoas se matem iria para a sua casa te matar? Se ela quisesse você morta, era só te incentivar no momento errado. Não faz o menor sentido ela te manter viva e te matar depois.

— Eu não sei por que ela fez isso. Deve ser louca. Gosta de ver as pessoas morrendo. Sei lá. Mas você tá na Disney se não acha que tem alguma coisa muito zoada naquela velha.

— Todo velho é esquisito de alguma forma.

— Foi ela, Miguel, eu tenho certeza.

— Você mesma acabou de me dizer que não conseguiu se lembrar daquele dia. Ela pode ter sido dura contigo ou chata demais e você não aceitou bem. Aí, ela te visitou para te pedir desculpas.

— Se ela foi até a minha casa se desculpar, por que eu ainda odeio ela?

— Sei lá! Talvez, você pegou implicância com ela.

— Para, Miguel! Eu não sou essa garotinha mimada que você acha!

— Eu não falei que você era...

— Não precisa falar, tá escrito na sua cara! — diz, dando voltas no quarto. — Eu sei o que aquela mulher é! Ela é uma assassina! Você não sabe como foi olhar pra cara dela no enterro. Te conhecer foi tão bizarro que eu esqueci dela. Mas a sensação de ser puxada para dentro do nada não dá pra esquecer. Não mesmo! Só aconteceu mais duas vezes, quando eu li as cartas. Com ela, foi só olhar pra aquela cara que ficou tudo escuro.

— Deve ter outra explicação. Aposto que dona Aura saberia dizer...

— Eu não preciso de dona Aura para saber! Eu sei que foi ela! Foi ela que me fez desaparecer. Eu sinto no fundo da minha alma. Você não tá achando coincidência demais eu desaparecer quando vi a velha e reaparecer naquele chiqueiro, desesperada pra provar que eu não me matei?

— É estranho mesmo, Darla. Mas a gente não tem nenhuma prova.

— E por que isso importa agora? Por acaso, você só acredita nas coisas que pode provar? Se for assim, prova pra polícia que você pode conversar comigo.

— Eu não falei que não acredito em você. Eu acredito. Mas a polícia vai precisar de provas...

— Eu não tô nem aí pra polícia, nem pro que ela pensa. Nem pro que ela vai fazer! — grita. — Miguel, não dá pra esperar a polícia. Se não, a gente não vai conseguir salvar a Pam.

— Nós nem sabemos o nome dessa velha...

— E daí? A gente sabe onde ela trabalha.

— Entendi. Você vai ficar esperando ela sair do trabalho para seguir a velha até a casa dela.

— Não, você vai ligar pra ela e dizer que tá querendo se matar.

Capítulo 86

Na terceira ligação, Darla reconhece a voz da velha. Maria do Carmo é o seu nome. Uma voz de avó. Firme, mas bondosa. Seria a voz que eu gostaria que atendesse a minha última ligação.

Ainda não estou completamente convencido de que ela mataria os adolescentes que precisavam da sua ajuda. Tentei convencer Darla. Não queria incomodar uma idosa que vive para ajudar pessoas em dificuldade. Uma visita à dona Aura seria bem mais produtiva.

Ela não ouviu. Não é uma pessoa que ouve. Disse que sabe que a sua amiga está viva. Não iria desistir dela enquanto ainda estivesse nesse plano.

Então, eu segui com as ligações.

— Maria do Carmo — tusso, limpando a vergonha da garganta —, eu sei o que aconteceu com a Darla, Darla Abranches.

— Quem está falando? — rosna, perdendo a compostura.

Volta ao seu papel rápido demais, em uma respirada. Darla tinha razão. A velha é dissimulada. O que não sei é se essa sua habilidade foi adquirida com a profissão ou com o seu hobby macabro.

— Darla? Sim, Darla. Não há segredos sobre a morte dela. Ela se suicidou, meu filho. Todo mundo sabe. A polícia, os jornais. Mas você não precisa seguir esse caminho só porque foi o mesmo que ela escolheu. Fala o seu nome, meu filho, para eu poder te ajudar.

— Não importa o meu nome. Eu sei o que você fez com a Pâmela.

— Pâmela, qual Pâmela? Espera aí! Pâmela, amiga de Darla? O que aconteceu com ela?

Ela soa legitimamente preocupada com a Pâmela. Quase me convence que não sabe de nada. Quase. A certeza de Darla, agora, é minha também.

— Então você admite que conhece ela.

— Lógico que conheço a Pam, meu filho. Eu atendi a Darlinha muitas vezes. Ela me contou tudo sobre a amiga — responde casualmente. — E depois que a amiga se foi, a Pam me ligou algumas vezes. Darla era o referencial dela. Era normal que pensasse em imitar a amiga. Mas eu estava conseguindo evoluir. Ela estava se abrindo. Não acredito que ela teve uma recaída. O que aconteceu com ela?

— Se você quer se fazer de difícil, tudo bem. Ela está desaparecida desde ontem à noite.

— Não pode ser. Você acha que ela se...

— Eu não acho nada. Mas a polícia achou uma carta de despedida escrita com a mesma letra da carta de Darla. Duas cartas iguais, a mesma caligrafia, a mesma caneta, o mesmo papel. A única diferença é que as assinaturas são legítimas. Mas as duas têm sinais de que as vítimas estavam nervosas quando assinaram.

— Meu Deus! Eu não posso acreditar.

— Mas ainda não acharam a Pâmela. Ainda podemos impedir o pior.

— Nós dois sabemos que não...

Fecho os olhos para não encarar Darla. Por sorte, tirei do viva-voz assim que ela reconheceu a velha.

Ai, meu ranho sagrado. Darla colocou esperanças demais em chances muito pequenas. Agora tudo isso pode prejudicar a sua ascensão. Se a Pâmela realmente estiver morta, o máximo que ela pode fazer é recepcionar a alma da amiga. Nada mais.

O que não entendo é por que o espírito de uma menina que queria se matar por saudade da amiga não veio ao encontro dela. Será que Maria do Carmo está mentindo? Será que ela ainda está viva em algum lugar? Será que ela brinca com as vítimas antes de simular o suicídio?

— ...Não é, Miguel?

— Como você sabe o meu nome?

— Não me parece justo que só você saiba com quem está falando...

— Como?

— Eu sei tudo sobre Darla. Eu conversei com ela muitas horas. A ligação dela era a alegria da minha tarde. E quando desligava, ela estava se sentindo mais obstinada, reagindo. Você, por outro lado, não cansa de fingir que conhece ela.

— O que você está querendo dizer com isso?

— Não se faça de desentendido comigo. Você é uma criatura desprezível, mas eu sei que não é sonso. Estou te esperando na minha casa. Quem sabe a gente não consegue descobrir juntos onde está a coitada da Pâmela?

* * *

Ela desliga assim que me dá o seu endereço.

— O que foi?

— Aquela vaca sabe o meu nome.

— Como ela sabe o seu nome, Miguel?

— Não sei. Ela deve estar me seguindo mesmo.

— Será que ela pegou o seu nome com os meus pais?

— Deve ser... Ou com a polícia. Eu esbarrei com ela em uma delegacia!

— É por isso que você tá com essa cara? Para de ser covarde. Ela não sabe onde você mora, não dá pra fazer nada contigo.

— Quem sabe se ela não me seguiu até aqui? — rebato. — Mas não é isso. A velha nem se preocupou em esconder que sabia o que aconteceu com a Pâmela.

— Velha maldita!

— O que a gente vai fazer agora?

— Eu vi que você anotou um nome de rua...

— É... Ela me deu o endereço dela.

— Então, você vai lá.

— Não é uma boa ideia... Se ela falou para eu ir, é porque ela vai estar esperando por mim. Vai ser uma armadilha.

— Deixa de ser frango, Miguel! Você vai lá, sim! A gente precisa salvar a Pam. Se não, eu vou ficar te infernizando a vida pra sempre.

— Eu não quero ir...

— Fala sério! O que pode acontecer contigo além de morrer?

— Eu tenho medo. Não quero morrer.

— Você, que vê espíritos desde a infância, tem medo de virar um?

— Pode me zoar. Logo eu, tenho pavor da morte. É patético, eu sei.

— Sim, é muito patético. Mas relaxa. Você vai lá pra matar, não pra morrer. — Minha nuca arrepia. — E, no pior dos casos, eu te ajudo a ascender.

Capítulo 87

Ela abre a porta com simpatia talhada na cara. Não sei como reagir. Esperava alguma ofensa. Algum perigo declarado. Alguma ameaça óbvia da qual eu pudesse tentar me defender.

Em vez disso, ela me oferece o sofá e uma xícara de café.

Não respondo.

Não sento.

Mal respiro.

Estou a ponto de ter um ataque cardíaco. O assassino em série que consegue fazer com que suas vítimas pareçam suicidas está me oferecendo algo para beber. Não tenho dúvidas de que foi envenenado.

Difícil imaginar quantas pessoas já morreram bebendo qualquer coisa nessa casa com cheiro de mijo e mofo. Talvez ela crie algum fungo especial para colocar no copo dos infelizes que procuram seus conselhos. Não tem como saber. Melhor é nem saber.

Com medo das minhas pernas não aguentarem o meu peso, sento na poltrona mais distante de onde a desgraçada está sentada.

Deixo o café na mesa de centro. Intocado.

— Não está envenenado, Miguel. Você, mais do que qualquer um, sabe que eu não faço isso.

— O que você quer dizer com isso?

— Não se faça de bobo. O meu trabalho é exatamente o oposto do que você faz. Eu tomo conta dos vivos. Eu não usaria veneno nem contra você.

— Olha, eu não tenho tempo para charadas idiotas. Me diz o que você fez com a Pâmela! Minha questão é só com você. Eu não vou envolver a polícia.

— E por que eu teria medo da polícia? Eu dediquei a minha vida para salvar a vida de outras pessoas. E o que você fez com a sua vida, Miguel? Você não passa de um louco. Um maldito monstro degenerado.

— Eu não sou maluco!

— Não? Então chama a polícia e pergunta para eles o que você é? Aliás, nem precisa. A polícia já está a caminho.

A polícia está vindo? Ela está blefando. Ou não? Qualquer um acreditaria nela. Ela vai usar os nossos estereótipos para se safar.

— Eu tenho provas! — ameaço.

— Provas? Você acha que pode me passar a perna, Miguel? — Nenhuma célula do seu corpo demonstra preocupação. — O que você tem além das vozes que você escuta? Ou das cartas que ninguém sabe quem escreveu? Poderia ser tanto você quanto eu que tenha escrito. Mas a polícia vai chegar logo, logo. Melhor deixar que eles decidam.

Não posso deixar que essa velha escrota me incrimine. Ninguém nunca acreditou em mim. Não vai ser hoje que vão começar.

Ah, como eu odeio quando riem de mim! Eu vou sair daqui preso, eu sei. E ela nunca mais vai tirar esse sorriso da cara.

Melhor é sair daqui enquanto ainda tenho tempo. Ela mesma insinuou que Pâmela já está morta. Ficar não vai mudar nada. Outro dia, eu posso achar alguma coisa que a incrimine.

Estou decidido a fugir quando os olhos dela a traem. Ela não está me encarando. Está vigiando o corredor que dá para os quartos do apartamento.

— O que tem no final daquele corredor? — questiono, sem precisar da sua resposta.

Darla, que estava em pé do lado da porta, vem e se esconde agachada atrás mim.

— Você tá sentindo a Pam, Miguel?

— Não. E você?

— Ainda não, mas tem alguma parada esquisita naquele quarto. Me chamando. Eu vou ver o que tem lá dentro.

— Não, Darla! Você pode foder a sua ascensão — sibilo.

— Miguel, Miguel... — diz a velha. — Falando sozinho? Ou seria com um espírito? O espírito da Darlinha? Sinal claro de loucura, não?

— Não me interessa o que isso parece para você.

— Você é quem sabe, mas se quiser eu ainda tenho os remédios que o meu filho tomava. Deve ter passado um pouco da validade, mas esse tipo de coisa não estraga assim tão fácil.

Pelas paredes, fotos amareladas de um menino de uns dez anos. Um santuário. Já visitei muitas casas como essa, congeladas na caricatura de um passado melhor.

— O seu filho morreu... Suicídio, aposto. Foi isso que te colocou nesse caminho absurdo?

— Absurdo? Absurdo? — grita. — Quem é você para julgar as minhas escolhas?

Sua máscara se quebra. Meu sangue congela com a voz estridente.

Dura um instante. Então, seu semblante volta à calma fingida que eu sei que ela usou para entrar na casa de Darla.

— Eu sei que a sua cabeça é confusa — diz —, e eu não o julgo por isso. Mas você tem que parar de fingir que o que eu faço é errado e o que você faz é o certo. Nunca existiu uma pessoa mais devotada a salvar as almas dessas crianças do que eu. Ninguém. E você sabe que essa é a mais pura verdade. Lá no fundo, você sabe.

— Você é doente...

— Eu? Espelhar seus problemas nos outros não vai te ajudar a enfrentá-los.

— Esse jeito mole de falar não vai me enganar. Você é uma bruxa que matou o próprio filho. Não é melhor do que eu.

— Cala a boca! Não fala do meu filho, seu animal!

— Então você nega a sua culpa na morte dele?

— Eu não sabia... Não sabia que ele não estava conseguindo enfrentar seus problemas... Ele tava sofrendo e eu não percebi...

Ela finge uma dor que parece real. A compaixão vem, mesmo a contragosto.

— Aí, quando você percebeu, aliviou o sofrimento dele. Deixa eu adivinhar... overdose com os remédios que você mesma comprou para ele?

— Eu o quê? Não! Eu nunca pensei que ele ia tentar uma coisa dessas.

— Aposto que tenha sido duro para você.

— Lógico que foi! Uma mãe nunca supera a morte de um filho.

— E por que você faz isso com essas famílias? Não pensa no sofrimento delas?

— Faço o quê? Eu nunca faria uma mãe sofrer o que eu sofri.

Cada palavra sua faz com que eu duvide das minhas motivações, das minhas certezas. Eu deveria ter chamado dona Aura para vir comigo. Minha cabeça é frágil para lidar com tipos persuasivos. Os pensamentos embolam e eles sempre parecem ter razão. Preciso resolver a situação antes de acreditar na versão dela e acabar ou preso ou morto.

— Olha, não interessa o que você fez! — Me levanto. — Isso não vai se repetir. Eu estou aqui para dar um fim nisso. Enquanto ainda há tempo para Pâmela.

— Você realmente acha que a Pâmela está aqui?

Se eu não soubesse o tipo de monstro que ela é, eu acreditaria na cara de sonsa.

Só que ela insiste em olhar para o corredor.

— Ela está lá, Miguel! — anuncia Darla. — Eu sei! Eu posso sentir! A Pam tá naquele quarto!

Eu avanço para o corredor.

— Fique onde está — a velha sibila ensandecida.

Eu obedeço.

Capítulo 88

Viro com o que me restou de coragem.

Ela segura um revólver prateado com um cano desproporcionalmente grande. Me olha com desprezo e... medo?

— Ela não vai atirar, Miguel! — grita, Darla, fora de si. — Pega a arma da mão dela! Acaba com a raça dela.

— Você está maluca, garota? Ela é uma assassina. Ela vai me matar.

— Para de falar sozinho, perturbado! — grita a velha.

— Ela nunca matou ninguém com tiro, Miguel! Covarde! — grita para a velha. — Ela é uma covarde! Ela não vai atirar em você. Eu sei. Pode confiar em mim.

Eu olho para ela. Uma velha senhora franzina de mãos tremendo tanto que metade do tempo sua arma não está apontada para mim. Me encarando com violência, mas com as costas apoiadas na parede. O mais afastada possível de mim, mas de uma forma que ainda conseguia me ver.

Ela sabe que eu vou salvar a Pâmela. E que o depoimento da garota vai me salvar. O plano de me incriminar caiu por terra.

— Vai logo, Miguel! A Pam ainda tá em perigo! Não é hora de ter medo!

Darla está morta. Eu não. Ela não se importa com a arma que essa mulher tem nas mãos. Que atiraria, ainda que por acidente.

— Nem pense em se mexer! Eu vou atirar se precisar. Estou avisando.

— A Pam tá fraca, Miguel! Ela vai morrer! A Pam vai morrer, Miguel! Faz alguma coisa!

Avanço de olhos fechados.

Ela atira.

Ela acerta.

Olho para baixo.

Sangue.

Muito sangue.

Muita dor.

Ela acertou logo abaixo da costela.

Acho que foi de raspão.

Acho que tive sorte.

Ela não vai errar o próximo.

Mas não vai ter próximo.

Ela olha com pavor para o meu sangue.

As mãos tremem.

A arma está apontada para o chão.

Ela soluça. Chora.

Fecha os olhos.

Abaixa a cabeça.

Eu não sei por que uma assassina como essa velha teria aversão a sangue. Nem é o momento de querer saber. Ou de ser estúpido e ter compaixão. Ela é um monstro. Nunca me esquecerei do que ela está fazendo com Pâmela. Muito menos do que ela fez com Darla.

Ela assassinou Darla. O que ela fez não tem perdão. Chegou a hora da vingança.

Dou os três passos que faltavam para completar a distância entre os nossos corpos.

Cato a arma da mão dela.

Ela não resiste.

Eu venci.

Nós vencemos.

Mas por que a sensação é de que perdemos?

Capítulo 89

— Merda. Merda. Merda. — diz Darla chorando.

— O que foi agora, Darla?

— Ela morreu, Miguel! A Pam morreu. A minha amiga morreu. Eu posso sentir.

— Não pode ser... eu não sinto nada...

Mas eu sinto. Não o seu espírito. Sinto a vergonha da derrota. A velha sabia que não conseguiríamos, por isso estava tão tranquila, sentada no sofá, tomando o seu café.

— E agora, Miguel? O que a gente vai fazer?

— Ela se foi. Não há mais nada a fazer.

— Você consegue ver ela? Ou falar com ela? Ou sentir a sua presença? Qualquer coisa!

— Não... e você?

— Eu sei que ela passou por aqui. Mas não sinto mais nada. Será que ela já ascendeu, Miguel?

— É possível, mas muito raro. Muito mesmo. Dona Aura mesmo conhece poucos casos.

— Quem é dona Aura? É um dos *espíritos* que você vê?

Seu tom me irrita. Sua insinuação me irrita. Sua vitória me deixa ainda mais puto. Ela não sabe que não se deve provocar uma pessoa com a arma apontada para a sua cabeça?

— Cala a boca, velha! Não te interessa quem ela é!

— Me diz uma coisa — diz, calma novamente. — Como você sabe que essa dona está viva ou se é outro desses espíritos que você vê?

— Cala a boca! — grita Darla.

Seu berro sai com um trovão. Eu tampo os ouvidos. Não adianta. Ela atravessa as minhas mãos e preenche toda a minha cabeça com a sua raiva.

Os olhos arregalados da velha contam que ela também ouviu.

— Quem é maluco agora, velha?

Ela não responde. Nem precisa. Agora, ela acredita. Como é mágico ver a fé invadindo uma pessoa contra a sua vontade.

— Eu vou acabar com esse capeta, Miguel!

A velha se assusta com a voz de Darla. Olha para os lados procurando de onde ela veio. Ou para onde fugir. Não sei. Não me importo.

De qualquer maneira, manco até a entrada e tiro a chave da porta trancada.

— O que foi? Acredita em espíritos agora?

— Me deixa sair! Me deixa sair daqui, por favor.

— Nem pensar! Você fica até a polícia chegar.

— Era um blefe. Eu liguei para a polícia, mas eles desligaram. Eles não vão vir.

— Sem problemas. Antes de entrar no prédio, eu contei que tinha uma pista sobre o paradeiro da Pâmela. Eles estão chegando em alguns minutos.

— Você chamou a polícia? — Sua incredulidade me chama de imbecil. — O que você acha que eles vão fazer com você?

— Lógico que eu chamei! Você achava que eu ia ser louco de entrar no seu covil sem um plano B? De jeito nenhum! Se eu não tomasse cuidado, você ia me suicidar também.

— De que diabos você está falando?

Tudo o que esse monstro fala balança a minha cabeça.

— Cala a boca, velha! — grito — Eu não quero mais ouvir a sua voz.

Me viro para Darla, que está congelada, encarando a porta.

— Darla, você está bem?

— Como é que eu vou estar bem, Miguel? Essa velha matou a Pam!

— Calma. Você não pode fazer mais nada. Eu sei que é difícil, mas você precisa limpar a sua alma desse ódio.

— O quê? — me olha com indignação. — Se você falar que eu tenho que perdoar essa mulher, eu nunca mais falo contigo. Quer que eu guie o espírito dela também?

— A única coisa que eu quero é que você ascenda. Nada mais. Eu te prometo que eu cuido do espírito da Pâmela.

— Eu não vou ascender! Eu não quero ascender! Nunca me importei com isso! O que eu quero é essa mulher morta!

— Darla, você precisa se acalmar.

— Cala a boca, Miguel! Eu não quero mais ouvir esse papinho de ascender! Eu quero que você atire nessa mulher. Eu quero ver essa mulher sangrando até morrer, bem na minha frente. Eu mesma vou arrastar o espírito dela pro Umbral!

— Não se brinca com essas coisas, Darla.

— Olha para mim e me diz se eu tô brincando. Eu quero essa mulher morta! E vai ser você que vai matar ela.

— Você está me assustando.

— Deixa de ser covarde pelo menos uma vez na sua vida e acaba de uma vez com essa assassina!

— Por favor, Darla, se acalma. Por mim.

— Não me pede isso. Você sabe que não é justo.

— E é justo para mim te ver indo para o Umbral?

— Isso não é sobre você, Miguel. Nem sobre nós.

— Eu não vou atirar nela, Darla. Não adianta você insistir.

— Você quer que ela se safe?

— Ela não vai se safar. Ela vai para cadeia. Vai passar o resto da vida na cadeia.

— E se ela escapar, hein? E se a polícia acreditar nela? Nós vamos ser responsáveis pela morte de mais gente.

— Darla, esse não é o caminho de uma pessoa boa como você.

— Essa Darla boazinha que você venera foi assassinada, Miguel.

— Você precisa se desprender do seu passado.

— E a sua mãe, hein? Você já se desprendeu dela? Já? Porque é muito mais fácil falar do que fazer, né? O difícil é seguir o próprio conselho.

— Darla, esse é um caminho sem volta. Nem dona Aura vai conseguir te ajudar dessa vez.

— Esquece. Eu não preciso da ajuda de ninguém!

— Não. Você precisa da minha ajuda. E eu não vou matar essa velha. Eu vou esperar até a polícia chegar.

Olho para a velha de relance. Ela está ajoelhada rezando. Irônico que uma pessoa satânica como ela tenha fé que Deus intercederia em seu favor.

De frente para ela, estou de costas para Darla.

É o meu erro.

Ela invade o meu corpo.

Tenta suprimir a minha consciência.

Eu luto. A raiva dela é forte.

Ela concentra toda a sua alma no braço direito, o que segura a arma.

— Sai, Darla! — grito. — Você não tem o direito.

— Cala a boca, Miguel — diz, já controlando a minha fala. — Eu faço o que eu quiser!

Ela domina a minha mão.

Meu dedo aperta o gatilho.

A velha tomba no chão segurando a barriga.

Geme e chora.

Resmunga algo sobre um acordo com Darla.
Peço para Darla esperar.
Precisamos entender que acordo era esse.
Mais gente pode estar envolvida.
Darla não me ouve.
Atira mais três vezes nas costas da velha.
E um último na cabeça.
Continua apertando o gatilho.
Não há mais balas no tambor.
A velha está morta.
E eu serei preso por isso.

Capítulo 90

— Não! — grita Darla.

Seu descontrole limita o domínio sobre mim.

Uso tudo o que dona Aura me ensinou para expulsar sua alma e me liberto.

Caio de joelhos no chão. Cansado. Arfando. O revólver caído do meu lado.

Limpo as minhas digitais da arma, na esperança de que os filmes sejam realistas pelo menos nisso.

— Não! Não pode ser! Não pode!

— O que foi agora, Darla? — rosno.

Ela chora, abraçando as pernas.

Quero estender a mão para ela, mas estou puto demais para isso. Se tivesse ouvido dona Aura desde o início e me afastado de Darla, não tinha me metido em um crime. Em um assassinato, meu Deus do céu!

Como vou explicar para a polícia que não fui eu quem matou a velha? Fosse um tiro, até poderia alegar legítima defesa. Mas com três tiros nas costas, um na barriga e um na nuca, disparados pela minha mão, fica difícil alegar qualquer coisa além de insanidade.

Puta merda!

Se o hospício que fiquei era um lugar cruel, o que esperar de um manicômio de criminosos? E qualquer manicômio é melhor do que uma prisão de verdade. Eu não duro uma semana.

Ouço sirenes se aproximando.

Olho pela janela. Eles estão estacionando lá embaixo.

Estou no quinto andar. Não posso pular. Nem há outro caminho além da portaria.

Eu estou fodido. E Darla está pior. Nós dois sabemos que ela nunca mais vai ascender. O meu trabalho foi todo jogado no lixo.

O choro infantil dela me irrita. Ela, que me chamou tanto de covarde, não consegue reagir.

— Para, Darla. Acabou. Você está vingada. Não era isso que você tanto queria?

— Não.

— Não o quê?

— Eu não me vinguei.

— O que foi agora, Darla?

— Eu tava errada. Não foi ela que me matou.

— O que você está falando, criatura? Você acabou de me garantir que era ela.

— Mas não foi ela. Eu me lembrei do que aconteceu quando eu morri. Eu me lembrei daquela noite. Me lembrei de tudo. De quem me matou. Ela já tinha ido embora. Eu achei que ela tinha voltado. Mas não foi ela.

— Puta que pariu, Darla! Quem foi, então? Me diz! Quem foi?

— Foi você! Foi você, seu monstro! Foi você que me matou. Foi você que matou a Pam.

PARTE IV — SAUDADE

Antecipaste a hora.
Teu ponteiro enlouqueceu, enlouquecendo nossas horas.
Que poderias ter feito de mais grave
do que o ato sem continuação, o ato em si,
o ato que não ousamos nem sabemos ousar
porque depois dele não há nada?

CARLOS DRUMMOND DE ANDRADE, A um ausente

Capítulo 91

Grito para Darla que eu nunca faria isso. Que ela está confusa. É normal depois do que aconteceu.

Digo que sou eu, o Miguel. Miguel, o seu amigo. Seu melhor amigo. Miguel, a única pessoa que ficou do seu lado depois que você morreu. O mesmo que invadiu uma delegacia para te ajudar. Que ignorou os avisos de dona Aura, pela primeira vez na vida. O que foi surrado pelo seu pai e no dia seguinte voltou à casa dele, sabendo que iria apanhar outra vez. Sou eu. Miguel. O seu Miguel.

Ela não responde. Me encara derrotada. De joelhos. Boca aberta em choro que não sai.

Darla acredita que a traí. Acredita nas alucinações que ela chama de memória.

Eu não a traí. Eu não a matei. Nunca faria isso. Não faria uma crueldade dessas com ninguém. Sobretudo com ela.

Digo isso a ela. Grito isso para ela. Imploro. Ela é especial para mim. A melhor pessoa que tive na minha vida. A principal pessoa. Ela não pode duvidar disso. Não pode. Tudo o que passei na vida foi para estar do seu lado agora. Eu sei. Ela tem que entender que eu faria qualquer coisa para ficar do seu lado.

Até me matar?

Quero dizer que nunca lhe faria mal. Que daria a minha vida se pudesse salvar a sua alma. Daria a minha alma ao Umbral se pudesse lhe entregar a mínima chance de ser feliz outra vez. Eu aceitaria de bom grado passar a minha próxima vida a protegendo. Ainda que à distância.

Mas o tempo das palavras acabou.

Atrás dela, a porta do Umbral está aberta.

Ela não resiste às mãos que puxam.

Está sendo arrastada para um lugar aonde não posso ir.

Eu não vou deixar que ela vá embora. Não posso. Não desse jeito.

Ela merece o melhor.

O Umbral não é lugar para ela.

* * *

Lembro-me da lição de dona Aura. Aceito todo o sofrimento, toda a culpa, toda a felicidade, todo o amor. Aceito a vida que tive. Aceito o pesar e a solidão. O meu dom e o meu fardo. O passado e o futuro no claustro. Concentro toda a minha existência na minha mão.

A dor me queima por dentro. Rouba a felicidade de cada uma das células. A agonia me quer gritando. Mas eu não grito. Eu preciso fazer mais isso por ela. Eu preciso salvá-la.

Ergo a mão.

Ela levanta a sua.

Elas se encostam.

Entrelaçam.

Seu toque me tira o fôlego.

Ela me olha com saudade, com carinho.

Eu relaxo.

Acredito que tudo vai ficar bem.

Que a salvarei.

Que ela sabe de minha inocência.

Ela ficará do meu lado.

Para sempre.

Só nós dois e o infinito.

Eu morreria por isso.

Você me enganou desde o início.

Não. Nunca.

Eu acreditei em você.

Eu não fiz nada, Darla. Eu juro.

Não me importo com a minha vida, Miguel.

Ela podia ser sua, se você quisesse.

Mas você fez as pessoas que eu amo sofrer.

Eu nunca vou te perdoar por isso.

Minha concentração acaba.

Sua mão passa por dentro da minha.

Nossos dedos roçam.

Ela some.

Ela desaparece pela porta.

Ela foi embora.

Para sempre.

Capítulo 92

Dessa vez, nem dona Aura vai poder resgatá-la. Ela ficará presa pela eternidade lá, acreditando que eu fiz mal a ela. Odiando a pessoa que ela devia amar.

Ajoelho e rezo pela sua alma. Para que consiga perdoar e ascender algum dia. Que possa se iluminar e se elevar para o próximo plano. Minha professora sempre diz que o tempo cura todas as dores. Mesmo no Umbral? Eu rezo também para que ela esteja certa.

Levanto com os joelhos doendo, me sentindo um idiota. Para que deixar para Deus o que nós mesmos podemos fazer? Ele tem coisas melhores para fazer. Pessoas melhores para se preocupar.

Eu mesmo vou tirar Darla de lá.

Mas preciso morrer primeiro.

Capítulo 93

Quando a polícia chega, o apartamento está revirado e eu tenho uma faca na mão.

Procurei por balas em todos os cantos. Menos no quarto que era do filho dela. Não estou preparado para ver o tipo de coisa que ela fez com o corpo da Pam.

Como não achei munição para o revólver, sobraram duas opções: me jogar da janela ou usar uma faca. A ideia de me esparramar no chão e sobreviver por algum azar foi insuportável. E se eu ficar paralisado sem poder ir atrás de Darla?

Por isso escolhi a faca.

Não fui rápido o suficiente.

A polícia arromba a porta. Olha para o corpo da velha. Para a arma na minha cintura e para a faca na minha mão.

Eles gritam para eu largar a faca.

Tento enfiá-la no meu peito.

Quem sabe eles atiram?

Eles são mais eficientes. Me imobilizam. Arrancam a faca da minha mão.

Devia ter ameaçado eles com a faca. Ou com o revólver. Era o jeito mais fácil de levar um tiro.

Eles me deitam de bruços. Me chutam. Pisam na minha cabeça. Me algemam. Me levam.

Repito para mim e para eles que não me importo. Mais cedo ou mais tarde terei a minha chance.

Mas eu me importo. Acima de tudo, sou covarde.

Os policiais me jogam no camburão. Gritam comigo. Ameaçam. Eu choro. Eu tremo. Eu imploro. Eu xingo. Grito que eles estão cometendo um engano. Que aquela velha era uma assassina. A arma era dela. Eu agi em legítima defesa. Eu sou inocente. Eu exijo um advogado. Eles deviam estar procurando o corpo da Pam.

Eles me respondem com uma coronhada que me desmonta.

Na delegacia, sou arrastado até uma cela vazia.

Na cela do lado, sete marginais zombam de mim.

Finjo não me importar.

Por um minuto.

Grito. Grito tudo de novo. Xingo e imploro a todo instante.

Capítulo 94

No final do dia, eles finalmente vêm. Quatro policiais, um de terno, três de calça jeans e blusa preta. Vêm devagar. Tranquilos. Confiantes.

Eu me calo. Espero.

Sem uma palavra, me levam para uma sala. Lá dentro, nada além de uma cadeira chumbada no chão. Eu sento e eles algemam minhas mãos e pés nela.

Essa é a sua chance. Fala tudo, diz o policial de terno. Os outros assistem atrás dele.

Tudo o quê?

Eu não gosto de repetir. Não vou falar outra vez. Me conta tudo o que aconteceu com as jovens Darla Abranches e a Pâmela Silveira.

Eu conto tudo. Que eu sou espírita. Que o espírito de Darla apareceu para mim no sábado. Que ela me disse que não tinha se matado. Conto da nossa investigação. Da carta que peguei na delegacia. Da outra carta que descobri na casa dela. Do cinema com a Pam. E do envolvimento da velha que fingia ajudar suicidas, para depois matá-los.

Ele ouve balançando afirmativamente a cabeça. Quando eu acabo, ele se vira e vai embora. Não diz nada.

Os policiais soltam as minhas algemas. Alegres.

Já brincou de quatro cantos? Zomba o mais baixo dos três. *Cada um de nós vai para um canto. Você tem que escolher um canto que acha que vai apanhar menos. Se ficar no meio, apanha de todo mundo. Se tentar escapar, apanha de todo mundo. Acaba quando você conseguir conquistar um canto pra você.*

Chega perto, em confidência.

Cá entre nós, você não vai pegar nenhum canto. Acaba de verdade quando a gente cansar de te bater ou quando você desmaiar.

Não levanto da cadeira. Quero gritar que eles não podem fazer isso comigo. Eu tenho os meus direitos. Exijo o meu advogado.

Nenhuma palavra sai.

Meu corpo se prepara para correr para o canto vazio.

A porta abre. Eu quero fugir. Eu vou fugir. Eu tento fugir.

Trombo no policial que entra. Eu caio, ele sorri. Traz toalhas. Molhadas.

Calma aí, danadinho, o jogo ainda não começou. Volta para a sua cadeira e espera.

Ele entrega uma toalha para cada um e assume o canto que estava vazio.

Pronto. Pode vir.

Capítulo 95

Brincamos de quatro cantos uma vez por dia nos últimos dez dias. Ou quinze. Não sei. Minha cabeça está zonza o tempo todo. É impressionante como a porrada de uma simples toalha molhada pode perturbar os pensamentos.

Todas as vezes que entrei naquela sala voltei carregado. Alguns dias rezando para a minha mente desligar de vez. Outras choramingando que eu era inocente. Implorando em sussurros, nunca gritando.

Ninguém falou comigo além dos cinco policiais e dos sete criminosos da cela do lado. E do carcereiro que me serve a janta.

Como ele não foi hostil comigo, eu juntei coragem. Pedi que ele intercedesse por mim. Que explicasse para o delegado que tudo não passa de um mal-entendido. Ele fechou a cara e me disse que tinha uma filha de doze anos. Não falou mais comigo.

* * *

No décimo ou décimo quinto dia, eles me levaram para uma sala diferente. Tinha uma mesa de metal e três cadeiras. O delegado e um outro homem de terno estavam sentados de um lado. Eu fui algemado do outro.

Gritei. Chorei. Me debati. Implorei pela outra sala.

Estava acostumado a apanhar daquele jeito. Mudar a rotina ia fazer doer mais.

— Parece que o delegado tem te tratado bem, não é, Miguel? — diz o outro cara de terno.

O delegado sorri.

E desaparece. Na minha frente.

Pisco os olhos para ver se estou imaginando coisas. Não estou. Estamos sozinhos, eu e o outro cara de terno.

— Meu nome é Dr. Evandro. Eu sou defensor público e te defenderei neste caso.

— Oi. — A voz sai arranhada. — Pode conseguir uma água?

Peço água para ter um tempo para pensar. Ele é a única pessoa que pode me ajudar. Eu preciso que ele acredite em mim. Preciso que ele não me veja como um louco.

Ele volta e eu me forço a beber devagar para me acalmar.

Quando termino, é o delegado que está na sala. O defensor foi embora.

— Cadê o Dr. Evandro?

— Não te interessa onde ele está. Para de me enrolar. Eu quero as minhas respostas!

— Que respostas? Você não me perguntou nada.

— Eu vou tentar uma última vez. Não teste a minha paciência. Como o senhor conseguiu essa carta?

Ele me mostra a carta falsa que foi encontrada com o corpo de Darla.

— Olha, eu não quero prejudicar ninguém...

— Você não tem que querer nada. Apenas responda.

— Eu convenci um policial a me mostrar e peguei emprestado. Eu ia devolver. Eu juro.

— Um policial te deu a evidência de um crime?

Hesito, sem querer revelar a identidade de uma das poucas pessoas que me ajudou.

— Me diz o nome dele, agora!

— Cabo Gonçalves.

— Cabo Gonçalves? Cabo?

— Sim. Mas ele não teve culpa. Eu dei para ele uma autorização dos pais de Darla.

— Entendi... Então, você deu uma autorização falsa para um policial falso. É isso?

— Como assim, policial falso? Eu entrei na delegacia e ele estava lá dentro, trabalhando. Ele é um policial legítimo. Tenho certeza.

— Miguel, não há cabos na polícia civil — responde Dr. Evandro.

— O que está acontecendo? Você tinha ido embora.

— Embora? Eu fui pegar a água que você pediu.

— Não tente bancar o maluco para cima de mim! — diz o delegado.

— Não. Não é isso. A minha cabeça só está um pouco confusa.

— Você não foi incisivo demais com ele não, né, Dr. Assis? — sonda o defensor.

— Nada. Foi só uma *vezinha* para assustar e olhe lá. Eu nem tive tempo de fazer muita coisa. Prendi o safado anteontem.

Quero gritar que ele está mentindo. Que esse filho da puta passou duas semanas me surrando!

Controlo a minha língua. Ele é soberano sobre o meu destino aqui dentro. Lutar contra a sua autoridade não me trará nada de bom. Tenho que ser inteligente. Jogar o seu jogo.

— Bom, Miguel, voltando à carta... — diz o defensor — esse documento nunca esteve na delegacia.

— Como assim? Eu mesmo vim na delegacia. O Cabo... o policial Gonçalves estava aqui, perto da entrada, e me deu.

Ele abre a pasta. Lá dentro, um outro documento igual. Este está dentro de um envelope plástico lacrado, com logomarca da polícia. Até a assinatura é idêntica.

— Essa é a carta que encontramos no banheiro da residência da vítima, no dia da sua morte. Esse documento nunca saiu da posse da polícia.

— Não, você está errado. Eu mesmo vim aqui.

— Não, não veio.

Capítulo 96

— Bom, a não ser que você seja invisível como os seus amigos imaginários — diz o delegado. — Nós verificamos todas as câmeras. Eu posso garantir que o senhor não pisou nessa delegacia no último mês. Então, eu pergunto mais uma vez, onde você conseguiu esse documento?

— Eu não estou entendendo. Isso é alguma brincadeira? Eu vim aqui dois dias depois do enterro de Darla, na segunda-feira!

— Lógico que é uma brincadeira. Afinal, a porra do meu trabalho é uma palhaçada.

— Não foi o que eu disse...

— Você ainda acredita que veio nesta delegacia, Miguel? — intervém o defensor. — Ok. Tudo bem. Vamos ao próximo ponto de interrogação. O que você diz sobre esta outra carta?

O delegado coloca na minha frente uma carta que seria igual às duas cartas de Darla se o seu papel não estivesse amarelado e manchado.

— Reconhece?

— Não. Nunca vi antes.

— Olha com mais atenção. Vê se reconhece a assinatura.

Eu obedeço. O texto é quase o mesmo das cartas de Darla. A letra é a mesma. A diferença é que essa é destinada aos filhos, não aos pais. E a assinatura não está tremida.

Não pode ser. Essa é a assinatura de mamãe?

— Pela sua cara, você lembrou.

— Eu não entendo...

— Já que você quer dificultar o meu trabalho, deixa eu te explicar então. Essa foi a carta que os bombeiros acharam na sua casa no dia que a sua mãe morreu afogada na própria banheira.

— Por que eu nunca vi essa carta antes?

— Ah, você viu. Eu te afirmo que você viu — diz o delegado.

— Foi você que achou a carta, Miguel — diz o meu advogado. — Foi você que a entregou ao bombeiro que socorreu a sua mãe.

— Isso não é possível. Você está enganado. Eu nunca vi essa carta.

— Mais uma evasiva, hein? A situação não está ficando boa para o senhor.

— Miguel — diz o defensor —, mentir não vai te ajudar.

— Eu não estou mentindo. Eu estava no hospital naquele dia. Quando eu cheguei, ela já tinha sido levada.

— Sem problemas, Dr. Evandro — diz o delegado. — A gente deixa essa resposta para depois. Tem coisas mais importantes para saber. Por exemplo... como o senhor conheceu Darla Alves Abranches?

Ai, meu ranho. Se esse depoimento já estava indo mal, é agora que degringola de vez.

— Olha, eu sou espírita. Eu consigo conversar com almas desencarnadas.

— Responda à pergunta.

— Eu conheci a Darla depois que ela morreu.

— Sabe de uma coisa, Miguel? — diz o delegado. — Eu também sou espírita. O senhor não imaginaria a quantidade de filho da puta que finge falar com espíritos. Por isso eu vou enfatizar essa questão. O senhor tem absoluta certeza de que a primeira vez que conversou com ela foi depois da sua morte?

— Sim. Sem nenhuma dúvida. Eu nunca vi a Darla encarnada.

— O senhor poderia explicar essas fotos, então?

Ele joga fotos ampliadas na mesa. Em todas elas Darla aparece. Em algumas, Pâmela também. Todas têm um círculo vermelho marcando algo no fundo. Dentro do círculo, observando de longe, mal disfarçado, levemente borrado, um rosto que se parece com o meu.

— Você poderia me explicar essas fotos?

— Não sou eu — afirmo. — É uma pessoa que se parece comigo. Quer dizer, nem dá para ver o rosto dessa pessoa direito. Pode ser qualquer um.

— Miguel... — repreende o defensor.

— Deixa, doutor. Não faz mal. Eu ajudo ele a entender — diz o delegado — Você morava num hotel imundo no centro, não morava?

— Era o melhor lugar que eu podia pagar...

— Era um lugar isolado. Lá você tinha o tempo para planejar as suas vítimas.

— Não! Foi dona Aura que achou para mim. Lá eu tenho um sossego com os mortos. E com os vivos.

— Lógico, eu entendo. Nós fomos lá e encontramos uma mala sua guardada na recepção. Dentro dela achamos dezenas de cartas como essa que você escreveu para a sua mãe e para Darla.

A mala aberta aparece na mesa. Nem me incomodo em questionar como ela apareceu ali.

— Que cartas são essas? Não tinha carta nenhuma na minha mala! Eu não escrevi carta nenhuma! Essa mala não é minha.

— Também encontramos esse monte de cartões de crédito — diz colocando a minha coleção de cartões na mesa. — Eu suponho que você matava as suas vítimas e roubava o cartão de crédito delas.

— Eu não sou nem um assassino, nem um ladrão! Você precisa me ouvir!

— Então, por favor, me explique como você pagava o hotel.

— Com o meu salário.

— E onde, exatamente, senhor trabalha?

— Eu perdi o emprego recentemente. Mas eu trabalhava com entregas.

— Ok. Então você pagava aquele pardieiro com a renda proveniente de *entregas*?

— Sim.

— Me explica, então, por que pelo menos cinco pagamentos foram feitos com os cartões de crédito de cinco jovens suicidas. Quanta coincidência, não é Miguel?

Eu não sei o que responder. Eu sempre gostei de cartões de crédito. A mãe me dava quando eles venciam. Eu passei a colecioná-los. A grande maioria eu achei nos meus tempos de revirar lixo. Depois, quando as pessoas descobriram que eu fazia coleção, eles passaram a jogar seus cartões vencidos por baixo da porta. Não sei como os meus vizinhos souberam, mas eles continuaram a me entregar seus cartões mesmo quando me mudei para o hotel.

E, sim, eu sei que é errado. Contudo, eu aceitava quando as almas que eu ajudava conseguiam me mostrar como conseguir os seus antigos cartões. Elas sabiam que eu precisava. E elas estavam gratas pelos meus serviços. Sempre fiz o que era preciso para a ascensão de cada uma delas. É natural que eles queriam me gratificar.

Mas quem acreditaria nisso?

— Eu vejo que você está confuso. Não precisa queimar a sua cabeça, não. Eu explico para você. Não tem como você sair dessa. Eu te garanto. Você vai passar o resto da sua vida na cadeia.

— Não! Eu estou sendo incriminado. Eu não sei quem está fazendo isso comigo, mas não fui eu! Você tem que acreditar em mim!

Eu mesmo hesito em acreditar em mim quando Dr. Evandro desaparece bem na minha frente. Outra vez.

— Bom, se alguém está tentando te incriminar, está fazendo um ótimo trabalho! É difícil aparecer um caso grande com tantas provas contra o suspeito. Mas eu ainda tenho mais algumas questões.

Eu tento colocar as mãos sobre o ouvido, mas elas estão presas na mesa.

— Por favor. Eu não estou me sentindo bem. Eu tenho que falar com...

— Cala a boca. Você não precisa falar com ninguém além do seu advogado. E ele está aqui — diz firme e calmo.

— Miguel — diz Dr. Evandro, aparecendo —, colabora com o delegado. Você não está fazendo favor a ninguém agindo como um doido.

— Chega de conversa fiada, vamos falar sobre a jovem Pâmela Silveira — continua o delegado.

— Foi o que eu estava tentando dizer para vocês esse tempo todo! Ela estava no último quarto do corredor do apartamento daquela velha assassina! Foi ela que fez essas coisas. Não fui eu. Eu fui à casa dela porque Darla se lembrou dela.

— Aí você furou aquela senhora toda porque a polícia estava chegando.

— Fui eu quem chamou a polícia!

— Não interessa. Eu não duvido que você tenha matado ela e depois ligado para a polícia com a maior cara lavada.

— Miguel — diz o advogado —, o corpo da Pâmela não estava lá. No final do corredor, ficava o quarto do filho da Maria do Carmo. Parecia intocado por uns vinte anos, desde que o filho dela se matou.

— Então vocês ainda não acharam a Pam? Vocês têm que achar! Ela pode estar viva!

— Você entendeu errado, meliante. A gente achou, sim — diz o delegado. — Anteontem mesmo, poucas horas depois de você ser preso, nós encontramos o corpo dela numa caçamba de lixo atrás do shopping center. A mãe da Darla me disse que vocês assistiram a um filme no dia em que ela desapareceu, exatamente no cinema daquele shopping. Você confirma?

— Sim. Eu fui lá para que ela pudesse se despedir da amiga. Mas eu deixei a Pam dentro do táxi.

— Fico feliz que você teve essa preocupação com a menina. Já pensou se um assassino tivesse impedido que ela entrasse no táxi e a atacado ali mesmo?

— Não fui eu! Eu nunca faria uma coisa dessas.

— Lógico que não! Mas eu queria que você me explicasse por que nós encontramos essa carta no bolso do casaco dela.

— O que outra carta dessas pode provar?

— Não, essa carta é diferente. É bem mais interessante — diz tirando outra carta envelopada da pasta. — Estava escondida num bolso interno.

Capítulo 97

SE VOCÊ ACHAR ESSA CARTA, ENTREGUE À POLÍCIA.

Meu nome é Pâmela Machado Silveira. Eu tenho quatorze anos. Darla Alves Abranches era minha amiga. Ela morreu. A polícia disse que ela se matou. Mas eu conheço ela mais do que ninguém e sei que ela nunca faria um absurdo desses.

Alguém matou ela. Eu sei disso. E acho que sei quem foi. O nome dele é Miguel (eu não sei o sobrenome). Ele diz que fala com o espírito de Darla. Eu acreditei no início. Ele conhecia detalhes da vida de Darla que só eu conhecia.

Mas uma senhora que ajudava Darla me mandou várias fotos que a minha amiga postou antes de morrer. Achei Miguel no fundo de várias delas. Procurei nas minhas e achei ele em algumas também. Ele estava seguindo Darla e acho que está me seguindo também.

Ele me ligou hoje. Disse que Darla quer assistir o filme que a gente tinha combinado de ver. Eu armei uma armadilha para ele. Não vou comprar o ingresso dele. Só o meu e o de Darla.

Depois eu vou perguntar para ele sobre o filme. Ele só vai saber o que aconteceu no filme se realmente conseguir falar com Darla de verdade.

Se ele não souber, vou dar um jeito de fugir para a praia e chamar a polícia.

Se eu não conseguir fugir...

Capítulo 98

A carta continua, mas eu paro de ler. É demais para mim.

— Ela entendeu tudo errado. Eu fui um intérprete. Só isso.

— Entendi — diz o delegado. — E o que aconteceu com ela?

— Eu não sei!

— Então, eu te digo. Ela foi assassinada por um canalha, um matador de crianças! — grita, espalmando a mesa. — E esse monstro é você.

— Eu não matei ninguém!

— Ok. Eu acredito em você, Miguel — diz o delegado. — Vamos fazer o seguinte, você me autoriza fazer um exame de DNA? Aí, eu comparo com a pele que ficou embaixo da unha da Pâmela, ok?

— Sem problemas. Eu autorizo.

— Aliás — aponta para os meus braços, livres de algemas não sei desde quando —, essas marcas no seu braço parecem bastante com unhas, não? Você se lembra onde foi que você se machucou?

Encaro os meus braços e vejo as marcas pela primeira vez. Foram os policiais que fizeram isso? O que está acontecendo, meu Deus? Ou eles me prepararam uma armadilha ou eu sou o louco que eles acham que eu sou.

— Anda, autoriza o exame.

— Olha, eu não sei o que está acontecendo. Mas vocês podem fazer o exame que vocês quiserem se eu puder falar com a dona Aura.

— Se essa dona for sua parente ou sua advogada, ok.

— Ela é parente — minto. — Tia-avó.

Capítulo 99

Um punhado de dias passou. Não fui incomodado por ninguém além dos bandidos da cela vizinha. Não fui chamado para depor. Nem para fazer o exame. Nem para jogar quatro cantos.

Usei esse tempo para refletir. Minhas convicções variando com as horas do dia.

Por momentos, eu sei que o delegado está inventando provas para me quebrar, para me fazer confessar o que não fiz. Em outros, aponto todas as vezes que a minha cabeça mentiu para mim.

Meus questionamentos chegam à minha infância. Nas vezes que a minha mãe dizia, com a anuência de um padre, que eu era possuído. E se eles estivessem certos?

Em cada minuto, eu me forço para não pensar em Darla. Ela entrando por aquela maldita porta. Triste. Decepcionada. Certa de que a matei.

Será que eu sou um assassino?

Não! Nunca!

Poucas pessoas gostaram de mim nessa vida, mas eu nunca machuquei ninguém. Eu sou o outro, o cara que apanha. Não o que bate. As minhas costas e as minhas costelas me garantem.

Eu sou apenas esse sujeito indefeso?

Não sei mais.

* * *

Estou há alguns dias sem dormir. Minha cabeça não me deixou em paz. Suas torturas são mais intensas à noite. Minhas dúvidas são cozidas a fogo lento durante o dia. Quando o sono baixa as minhas defesas, tenho uma fornada de acusações.

O primeiro pesadelo foi com a Pâmela.

Sonhei que estávamos saindo do cinema. Ela ia pegar um táxi. Eu estava de carro, com o Fusca. Insisti que a levaria em casa. Quando chegamos perto do carro ela não quis entrar. Chorou. Resmungou sobre a ir à praia. Tentou resistir. Me arranhou. Bati a sua testa na porta do Fusca. Ela ficou tonta. Eu a puxei para dentro do carro. Apertei o seu pescoço até bem depois de ela morrer. Rodei o estacionamento até achar a caçamba de lixo e a joguei lá dentro.

Eu acordei rendido.

Mas a alvorada trouxe outra compreensão. Era a minha cabeça me pregando peças, fantasiando as informações que o delegado inventou. Eu sei que nunca machucaria ninguém. Nunca a Pâmela, a melhor amiga de Darla.

* * *

Foi na madrugada seguinte que eu decidi não dormir nunca mais. Nos meus sonhos, eu fugia do hospital em que estava internado. Tinha o braço ainda engessado da surra que mamãe me deu. Entrei escondido na casa dela. Ela dormia no sofá, com a televisão ligada. Tinha uma taça vazia na cômoda. Triturei quatro pílulas do remédio que me davam para dormir. Coloquei na taça com mais um pouco de vinho e mexi até não conseguir ver nenhum pó. Quando a minha mãe acordou para ir dormir em sua cama, ela terminou a bebida. Quando me certifiquei que ela não acordaria, a arrastei para a banheira. Ela acordou. Tentou sair. Não conseguiu. Estava muito dopada. Observei da porta até ela parar de se mexer e voltei para o hospital. Só para descobrir o seu corpo no dia seguinte.

* * *

Ainda que eu tentasse não dormir, os sonhos me pegavam desprevenido às tardes. Sonhei que tinha dez anos outra vez. Eu entrei pela janela da minha amiga Catarina para afogá-la em sua própria banheira.

E que fui ainda mais cruel com a Amanda. Eu a convenci de nos matarmos juntos, num gesto de amor. Ela tomou todos os seus remédios de depressão, eu tomei duas aspirinas. Ela morreu no meu colo querendo entender por que eu não morria.

Jairo e Robson morreram porque xingaram a minha mãe. Ela não tinha me deixado ir às festas com eles. Eu deixei que eles acreditassem que não me importei. Então, estudei o Fusca da minha mãe até descobrir como fazer os freios pararem de funcionar.

Dá para acreditar que eu seria capaz de matar os meus dois únicos amigos na vida? Os meus dois parceiros de escola? Eles foram as duas únicas pessoas para quem eu contei das minhas costas marcadas. Eu não faria nada contra eles, nunca.

No meu pesadelo com Helinho, eu o vi calmo, pela primeira vez. Ele mal conseguia falar. Babava e gemia. Nada mais. Eu não gostava daquela cara sorridente dele. Me irritava. Então invadi o seu quarto e o obriguei a tomar todos os comprimidos que juntei em semanas.

Sonhei que empurrei o meu irmão do prédio da empresa em que trabalhava e o assisti caindo até se esborrachar no chão. Esse foi o único pesadelo que não me fez mal. Soou como vingança. Aquele babaca nunca mereceu a alma que tinha. Mesmo assim, eu nunca revidei. Nem quando ele estava tão bêbado que mal conseguia me bater.

* * *

Fiz de tudo para não dormir. Parei de comer. Roubei a comida dos outros presos e comi até me empanzinar. Dormi em pequenos intervalos. Mordi a boca por dentro. Dei tapa no próprio rosto. Deixei que os presos me distribuíssem alguns socos de meia em meia hora.

O autoflagelo era o que mais funcionava. Mas não dá para resistir para sempre.

Sonhei com várias outras mortes. Com acidentes e suicídios que eu causei para cada uma das almas que me pediram ajuda. Inclusive com Gisele, a prostituta.

* * *

E eu sonhei com a Darla.

Eu invadia a sua casa pela porta da frente, que não tinha sido trancada quando Maria do Carmo saiu. Nenhum dos dois carros estava na garagem. Não tinha ninguém em casa. Eu sabia. Eu estava vigiando a casa há uns dias.

Me escondi atrás do sofá quando ela passou, vindo da cozinha. Olhou desconfiada, procurando. Gritou "Carminha, é você?". Ninguém respondeu. Ela desistiu. Não se preocupou em me achar. Esperei até ela entrar no seu banheiro.

Como o meu coração acelerou quando entrei no seu quarto! Tão perto dela. Uma mísera porta nos separando. E eu sabia que ela não se importava com trancas.

Estava tudo bagunçado. Roupas, cadernos e edredom jogados no chão. Era a cara dela deixar o quarto assim. Sua mãe ia brigar se ela não arrumasse aquela zona, como prometeu. Por isso, eu arrumei. E acabei achando o seu diário. Li um pouco. Queria ler tudo, mas não sobraria tempo para Darla.

Coloquei em cima da cama o vestido amarelo de flores brancas e vermelhas que comprei para ela. Dobrado e passado e limpo. E tão a cara dela.

Abri a porta.

Ela estava na banheira quando eu entrei. Pepinos nos olhos. Fone nos ouvidos. Cantando alegre uma música que eu nunca ouvi. Seu pijama de moletom branco com estampa de corações cor-de-rosa, no chão.

Corei quando vi o seu corpo nu. Pensei em ir embora. Ela estava feliz sem mim. Não precisava mais da minha ajuda. E eu nunca faria mal a essa criatura.

Então, ela percebeu que alguém estava lá. Abriu os olhos. Gritou.

Aí, eu fiz o que tinha ido fazer.

Ela não resistiu quando eu a empurrei para baixo. Se preocupou mais em tapar o seu corpo. Mesmo afogando. Quando tentou se livrar das minhas mãos, seus pulmões estavam quase cheios de água.

Eu olhei o seu corpo boiando por alguns minutos ainda. Não queria abandoná-la. Mesmo morta, ainda me sentia conectado com ela.

Mas tive que deixá-la. Sua mãe chegaria em uma hora. E eu ainda precisava fazer a sua mão mole assinar a carta que, por sorte, trouxe no bolso.

* * *

Eu acordei chorando. Chorando, soluçando, tremendo, rezando. Implorando a Deus que criasse um inferno especial para mim. Um lugar mais cruel que o Umbral. Eu não mereço ir para o mesmo plano que Darla.

Bati a cabeça na parede, decidido a não parar até eu deixar de existir.

Parei na segunda pancada e chorei.

Um covarde nunca sabe a hora de morrer.

Capítulo 100

Eles me levam para a sala de depoimento. Estou chorando e com a cabeça doendo. Dr. Evandro está sentado. O delegado não está lá.

Ele pede para o policial tirar as minhas algemas. Está tranquilo na minha presença, o que é um ótimo sinal. Ele sabe que eu não fiz nada do que meus sonhos inventaram.

Ele parece preocupado comigo. Talvez ele esteja triste com tudo o que eu tive que passar por causa das mentiras do delegado. Qualquer mente fica zonza numa cadeia.

Ou será que estou inventando coisas e ele está irritado comigo?

Não sei. Estou confuso. O juízo ainda retine.

Eu me acalmo. Não quero acender as esperanças, mas essas coisas têm vida própria. De alguma forma, sei que dona Aura passará, a qualquer instante, pela porta e me dirá que foi tudo um engano. E que eu estou livre. E que o delegado passou dos limites, ignorou os direitos humanos. E que é normal a mente humana inventar memórias para preencher as lacunas. Tudo culpa do trauma.

Mas ninguém entra.

A porta não abre.

Continua fechada.

— A gente tinha um acordo! Cadê dona Aura?

— Miguel — alerta, conciliador. — Senta, por favor. Se não eu vou ter que recolocar as algemas.

Eu obedeço preocupado com sua calma fria.

— O que aconteceu com dona Aura? Me fala o que aconteceu! Eu preciso saber!

— Nada, Miguel — diz, mas eu não acredito. — Eu mandei dois policiais irem ao endereço que você me deu e não achamos nada. Ninguém.

— Como assim? Ela não se mudaria sem falar comigo! Vocês procuraram no endereço errado.

— Ela não se mudou. Nós procuramos no endereço certo. Ela nunca morou lá.

— O que você está falando? Você está zoando a minha cara? Isso não tem graça.

— Eu não brinco, Miguel. O meu trabalho é muito sério.

— Eu não quis...

— O endereço que você me deu — continua sem parecer me ouvir — é de um casarão abandonado há muitos anos. Averiguamos com os vizinhos, eles reconheceram a sua foto. Disseram que você, às vezes, aparecia por lá, pulava o muro e invadia a casa chamando por dona Aura.

— Você sabe como são vizinhos de uma casa espírita?

— Não, não sei. E esse não é o caso. Eles nunca viram uma senhora naquela casa. Eu deixei os policiais de plantão lá na frente da casa por uma semana. Nada. Ninguém mora lá. Nem ninguém conhece essa dona Aura.

— Você está me chamando de maluco?

— Miguel, eu te chamei aqui, sem o delegado, porque você precisa começar a colaborar.

— Eu não entendo.

— Vamos lá... Eu preciso que você preste atenção em mim. Muita atenção. Depois que eu soube que não achamos essa dona Aura, nós fomos atrás do seu histórico médico.

Merda. A minha mãe vai continuar me prejudicando mesmo morta.

— Você foi internado num hospício por três anos. Lá que conheceu uma enfermeira espírita. Ficou muito próxima a ela. O nome dela era Aurália. Você a chamava de dona Aura.

— Sim, eu fiquei num hospício. E foi lá que eu a conheci. Eu disse que ela era minha parente porque eu não tenho mais ninguém da minha família. Mas eu sempre soube que Aura é um apelido carinhoso. E você pesquisou errado. Ela era uma paciente como eu, não uma enfermeira.

— Na verdade, você ainda tem uma irmã que mora aqui no bairro. E Aurália foi enfermeira daquela clínica por mais de quarenta anos.

— Minha irmã virou as costas para mim há muitos anos. Ela me abandonou. Para mim, vivia no exterior. Está morta para mim — garanto. — A única família que tenho é dona Aura. Não tenho mais ninguém. E você está falando besteira, dona Aura mora no endereço que eu te dei.

— Eu fui à clínica onde ela trabalhava, conversei com os filhos dela.

— Agora que você me conta isso?

— Você não imagina a minha surpresa — continua, irritado — quando eu descobri que ela faleceu há seis anos.

— Como assim, faleceu? Eu falei com ela dois dias antes de vocês me prenderem. E, no sábado do enterro de Darla, tinha um monte de cliente na casa dela. Eu tenho testemunhas.

— Ela nasceu, morou e morreu na cidade em que nasceu, no interior. Os filhos me garantiram que o seu maior arrependimento foi nunca ter viajado para o litoral e visto o mar.

— Não, eu fui à praia com ela. A gente ficou no carro, mas ela, definitivamente, viu o mar. Por que você está mentindo para mim?

— Miguel, ninguém está mentindo. Está na hora de aceitar...

— Aceitar o quê?

— Que você precisa de tratamento.

— Você está dizendo que eu sou louco? Você está de conluio com o delegado. Querem me tacar num hospício. Você tinha que me defender!

— Te tirar de uma cadeia convencional é a melhor forma que tenho para proteger os seus interesses. Eu não tenho dúvidas de que você precisa ser tratado.

— Então, até você acha que eu seria capaz de fazer essas coisas.

— Eu não acho. Eu sei. Fora os outros crimes, você foi pego em flagrante, com a arma do crime, em frente ao cadáver da senhora Maria do Carmo.

— Isso foi outra coisa. Foi legítima defesa, eu já falei.

— Pensa comigo, Miguel. Você foi diagnosticado com esquizofrenia desde a adolescência e não toma os seus remédios há quase vinte anos, desde que saiu da clínica. Eu acabei de te provar que dona Aura não passa de uma construção da sua mente. Será que você pode realmente confiar nas suas lembranças?

Meu Deus. Será que dona Aura e Darla foram apenas invenções da minha cabeça? Será que eu mesmo que atirei na velha? Será que eu atirei naquela senhora sozinho?

Merda.

Pensando dessa forma, fui eu quem matou Maria do Carmo. Ela não queria atirar em mim. Atirou porque eu queria a arma dela. Eu avancei. Ela atirou. Se eu sou o maluco, por que ela não atiraria?

Não! Eu posso ser maluco, posso ser um assassino. Mas eu não inventei Darla. Nenhuma imaginação humana seria capaz de criar um ser tão especial.

Preparo a última cartada. Algo para trazer de volta a confiança que preciso para continuar lutando pela minha sanidade.

— Eu quero saber de uma coisa. A Pâmela antes de morrer levou uma pancada na nuca?

— Não, na testa. Mas a morte foi por asfixia.

Merda.

Eu desisto. Tudo aponta para a minha insanidade. Todos me chamam de louco. Não quero mais saber se a minha mente está certa ou não. Se ela inventou tudo ou não. Que eles me tranquem. Ou que me dopem. Que façam o que quiserem. Eu não vou mais lutar.

Estou cansado. Passei a vida tentando convencer o mundo da minha sanidade. Tentando convencer minha família que eu não era possuído. Eu não consegui. Nem conseguirei. Eu desisto.

Ficarei com o que restou de Darla na minha memória. Isso bastará.

— Dr. Evandro, faz a carta de confissão que você quiser. Você escreve, o delegado escreve, tanto faz. Eu nem quero nem saber o que vão escrever. Eu assino se vocês me trancarem num hospício para sempre. Eu não consigo saber se eu fiz o que vocês estão falando. Nem me importo mais. Só não quero correr o risco de machucar mais ninguém.

Eles aceitam. Redigem a carta. Insistem em lê-la para mim. Me incriminam do assassinato de Darla, de Pâmela e de mais dezesseis suicidas. Fora Maria do Carmo.

Eu assino. A partir deste momento, eu sou e sempre serei o próprio demônio que mamãe tentava expulsar do meu corpo.

Capítulo 101

Aos poucos, conforme eu fui acreditando no óbvio, a minha memória foi voltando. Ou a minha imaginação preencheu os buracos. Eu não sei. Nunca vou saber. Nem me importo.

Eu me mantenho afastado dos outros detentos do hospital. Não confio na minha sanidade. Nem na minha serenidade. Me retiro também porque não quero fazer parte dessa escória enquanto for possível.

Os remédios estão me ajudando nisso. Eles me mantêm controlado. Inofensivo. Me mantêm sem pesadelos.

Eles só não me ajudam com as visões. Ou com os espíritos. Não sei diferenciá-los. Ou o que são realmente. Se são os dois. Ou nenhum.

Eles falam comigo. Pedem ajuda. Imploram que eu fale com eles.

Eu não abro a boca. Não olho para eles. Não deixo que me toquem.

Mas não os ignoro. Eu escrevo os seus lamentos nas folhas que a psiquiatra me dá. Recolho seus gemidos para que eles possam confessar a alguém seus medos e arrependimentos. Que o meu silêncio os guie.

E quando um deles desaparece, eu quase me alegro. Acredito por um segundo que eu fiz a diferença para alguém. Que eu sou capaz de ajudar. De melhorar a vida dos outros. Que ainda sou um guia para a ascensão das almas.

E eu imagino, por instantes, que o meu coração não é essa ruína que me contaram. Que os meus crimes ou não existiram ou não foram intencionais. Nada além de enganos ou azar.

Eu devaneio que um dia, quando eu for bem velho, alguém dirá que eu fui injustiçado. E escreverá um livro sobre mim. Ou uma poesia. Ou uma música. Ou se lembrará do meu nome até que se mude de plano.

E o mundo saberá que cometeu seu maior engano. Que puniu o mais inocente. E quebrou a mente de quem viveu para ajudar.

Sobretudo, eu fantasio com o dia em que ela irá me visitar.

E revelará a vida do outro lado da vida.

Contará como é feliz e amada.

Falará sobre a preparação para renascer.

E sobre os seus reencontros.

Ela dirá que seu tempo no meu plano é curto.

E.

Já em pé.

Por ir embora.

Ela se vira.

Sorrindo, se aproxima.

Nossos dedos se entrelaçam.

Sussurra ao ouvido o que, mesmo em sonhos, me faz chorar.

Miguel, nunca houve o que perdoar.

Capítulo 102

Três batidas rápidas e o jornal desliza por baixo da porta.

* * *

Na segunda batida, estou de pé. Zonzo e enjoado, mas de pé. Puto, mas de pé. Todos os neurônios sobreviventes empenhados em descobrir quem foi o cretino que me acordou numa hora dessas.

Abro a portinhola. Fecho a portinhola. Abro a portinhola.

Ninguém.

Não tem ninguém no corredor.

Agradecimentos

Ascensão foi um presente do querido mestre Marcelino Freire. Ele me cedeu um enredo que vivia lhe remoendo as entranhas desde que presenciou um crime no Uruguai. E ainda foi generoso com suas leituras pacientes e seus apontamentos certeiros. Obrigado pela história, pela confiança e pelos ensinamentos.

Agradeço também aos amigos escritores pelo zelo de uma leitura atenta. De vocês, tantos e tão queridos, escolho alguns para representá-los. Felipe Sali, Bruna Ceotto e Gabriella Moreira, um brinde à nossa amizade e aos vossos conselhos.

Aos primeiros leitores, o meu amor. Meus pais, Lúcia e Valdemir, e meus sogros, Iara e Ricardo, concluíram o livro em tempo recorde e vieram empolgados me contar o que acharam da história de Miguel. Obrigado por essa incrível parcialidade. O carinho de vocês me deixa mais forte.

Aos meus irmãos, Rafael e Juliana, e à minha cunhada Débora, obrigado pelo apoio aconchegante em um trajeto tão turvo.

Meus calorosos obrigados para as pessoas que trabalharam diretamente no livro. Vanessa Marine, grande amiga, por encontrar as estranhezas do texto e compreender quais delas fazem sentido. Agradeço também à editora Debora Rendelli da Editora Urutau por acreditar na minha história.

Declaro que devo tudo à primeiríssima leitora de *Ascensão*, Lu, minha esposa. Sem você, não haveria o mergulho profundo em minhas dores e medos. Sem você, não existiria a escrita: nem o primeiro livro, ou este, ou o próximo. Sua clareza certeira e seu amor contaminam a minha existência e me fazem ir além. Obrigado por seu apoio sem fim.

Finalmente, um beijo grande às minhas filhas. Ver você crescer, Diana, é uma dos maiores maravilhas que a vida pode me proporcionar. Íris, estou doido para te conhecer. Vem logo, e com saúde, para o colo do papai.

Bruno Crispim

nasceu em Niterói em 1984.

É autor de *O Segundo Caçador* (Ed. EdUfes), romance policial vencedor do III Prêmio UFES de Literatura e de *Kaito: reze por uma boa morte* (Ed. Ronin), fantasia urbana eleita livro do ano pelo Prêmio Book Brasil.

Também participou da coletânea de contos da revista Superinteressante *Realidade Alternativa* (Ed. Abril), ganhou destaque com o perfil Guia do Escritor de Ficção, onde produz conteúdo sobre escrita criativa, e é professor da LabPUB.

É mestrando do curso de Escrita Criativa pela PUC-RS.

Ascensão é seu terceiro romance.

este livro foi editado

no outono

de 2024